BLUE BELLE

Seelenwächterin

BLUE BELLE

Seelenwächterin

Bibliografische Information der Deutschen Nationalbibliothek: Die Deutsche Nationalbibliothek verzeichnet diese Publikation in der Deutschen Nationalbibliografie; detaillierte bibliografische Daten sind im Internet über dnb.dnb.de abrufbar.

© 2022 Rita de Monte

Herstellung und Verlag:

BoD – Books on Demand, Norderstedt"

ISBN: 9-783756835393 Taschenbuch

Inhaltsverzeichnis

I

II

Rias Traum

Es war bereits dunkel und schon sehr spät. Der zunehmende Mond stand hoch am Firmament und war nur eine kleine Sichel, die wenig Licht spendete. Doch die vielen strahlenden Sterne am Himmel spendeten genügend Licht. Ob einer davon für ihren Vater stand? Der Gedanke, dass es so sein könnte, war schön und spendete ihr etwas Trost. Er war vor einigen Monaten bei einem Verkehrsunfall ums Leben gekommen. Deshalb konnte Ria nachts oft nicht einschlafen, weil sie so oft an ihn denken musste. Ob er sehr gelitten hatte? Dieser Gedanke verfolgte sie. Zu gerne würde sie noch einmal die Chance bekommen, ihn selbst zu fragen. Doch das war natürlich unmöglich und das war ihr auch sehr bewusst Doch immer, wenn sie die trüben Gedanken quälten und sie nicht schlafen konnte, stellte sie sich ans Fenster und schaut auf die Sterne und die

7

Lichter der Stadt. Es war Wochenende und noch immer dementsprechend viel los. Die Leute wuselten nur so durch die Straßen auf der Suche nach Unterhaltung und Spaß. Die grölenden Stimmen einiger Betrunkener drangen zu ihr hinauf. Sie hasste betrunkene Menschen. Nie im Leben hätte sie ihren Seelenschmerz in Alkohol ertränken können, obwohl das bei vielen Jugendlichen der Trend war. Jedenfalls bei einigen die sie kannte.

Das Mädchen mit den ausdrucksstarken grünen Augen seufzte. Das Grübeln würde ihren Vater auch nicht wieder lebendig machen. Sie musste sich damit abfinden, dass er ihr nie mehr Gute Nacht sagen würde. Er war nicht mehr da und würde auch nie mehr da sein. Sein herzliches Lachen würde sie nie mehr mitreißen, er würde nie mehr etwas mit ihr unternehmen, oder ihr einen Kuss auf die Stirn geben. Und sie würde ihn auch nie mehr um Rat fragen können. Von einem Tag auf den anderen war er aus ihrem Leben gerissen worden. Schlimm war es auch zu sehen, wie ihre Mutter Rosalinde still litt und versuchte, ihr eigenes Leid vor ihrem Kind zu verbergen.

Doch heute war Ria sauer auf ihre Mutter, denn diese hatte sie gestern zu Hausarrest verdonnert, weil sie eine Mathe Klassenarbeit versaut hatte. Dieses abstrakte Rechnen lag ihr einfach nicht. Viel lieber mochte sie Sprachen aller Art und Kunst. Doch da Ria morgen sechzehn Jahre alt wurde, nahm sie die Androhung dieser Strafe nicht so ernst. Ihre Mutter würde es sich bis morgen sicher anders überlegt haben. Deshalb hatte Ria ihren besten Freund Amos auch nicht ausgeladen. Er würde sie sicher besuchen kommen. Ihre Mutter konnte seinen rehbraunen Augen eh nie widerstehen, auch wenn sie nie zugeben würde, dass der junge Mann ihr sehr gefiel.

Beruhigt ging das junge Mädchen ins Bett und kuschelte sich in ihre Decke. Kurz darauf war sie bereits in einen tiefen Schlaf gesunken.

Sie träumte, dass sie durch die Stadt ging. Zwischen der Süd- und der Nordstadt zog sich ein kleiner Fluss, wie eine silberne Schlange, träge mitten durch ihre Stadt. Er spaltete die Stadt regelrecht in ihre beiden Hälften. Ging man am südlichen Ufer entlang, kam man zu einer Unterführung, die kunstvoll mit allerlei Graffitis besprüht war. Das sah wirklich cool aus. Allerdings gefiel dies der Stadtverwaltung gar nicht. Regelmäßig lies sie die Kunstwerke der Jugendlichen wieder überstreichen.

In ihrem Traum ging sie die Treppen zur Unterführung hinunter. Eine blaue Tür zeigte sich ihr. Diese war eher eine Art Torbogen, oben abgerundet und mit vielen mystisch wirkenden, goldfarbenen Ornamenten verziert. Diese Tür war ihr noch nie zuvor aufgefallen. Was sich wohl dahinter verbergen mochte? Leider ließ sich die Tür nicht öffnen, egal wie sehr sie am Türgriff rüttelte.

Sie erwachte mit starkem Herzklopfen. Als sie sich orientiert hatte bemerkte sie, dass es bereits hell geworden war. Zeit aufzustehen, denn schließlich war heute ihr Geburtstag und sie freute sich schon sehr darauf Geschenke zu bekommen. Hoffentlich war ihre Mutter nicht mehr sauer auf sie.

Das Mädchen schwang ihre Beine aus dem Bett, streckte und reckte sich wie eine Katze und ging zu ihrem Schrank. Was sollte sie denn heute nur anziehen? Es wäre dem Anlass entsprechend zwar angemessen gewesen, ein hübsches Kleidchen anzuziehen, doch sie bevorzugte nun einmal Jeans in allen Variationen. Deshalb zog sie sich ihre neuen schwarzen Jeans mit den goldfarbenen Ziernähten an. Dazu ein olivgrünes Shirt mit der Aufschrift Zicke, das hervorragend zu ihren olivgrünen Augen passte. Ihre blonde Löwenmähne bändigte sie mit einem passenden Haargummi. Nach einem Blick in den großen Spiegel, der in ihrem Zimmer hing, war sie zufrieden mit sich. So gestylt konnte sie sich durchaus sehen lassen. Sie war zwar nicht gertenschlank, sondern hatte hier und da kleine Pölsterchen und Rundungen, doch die waren am rechten Fleck. Fand sie jedenfalls. Sie hatte ein gesundes Selbstbewusstsein und mochte ihre Figur. Jetzt nur noch Zähne putzen und die Katzenwäsche hinter sich bringen. Frohen Mutes machte sie sich auf den Weg ins Bad. Zur Feier des Tages umrandete sie ihre Augen noch mit einem grünen Kajalstift. Danach schlich sie sich leise die Treppe hinunter und ging in die gemütlich eingerichtete Wohnküche.

Ihre Mutter Rosalinde war schon wach und werkelte eifrig vor sich hin. Rias Mama sah aus wie eine ältere Ausgabe ihrer Tochter und war mit der gleichen wilden goldblonden Lockenmähne gesegnet. Doch ihre Augen waren nicht olivgrün, denn die hatte Ria von ihrem Papa geerbt, sondern von einem sanften rehbraun. Wenn das Licht hineinschien, konnte man ein paar goldene Sprenkel und grüne Schattierungen darin entdecken. Rosalinde haderte allerdings mit ihrer untersetzten, molligen Figur. Doch Ria fand sie wunderschön und ihr Papa hatte ihre Mutter sehr geliebt. Das hatte sie daran gesehen, wie er seine Frau immer angesehen hatte. Voller Wärme und auch Leidenschaft. Das Feuer zwischen den Beiden war nie erloschen. Es musste sich furchtbar anfühlen, solch einen geliebten Menschen zu verlieren.

Gerade stellte Rosalinde Rias Lieblingstasse auf deren Platz am Küchentisch und wollte sich setzen. Als sie Ria bemerkte, erhob sie sich wieder und umarmte ihre Tochter liebevoll.

„Alles Gute zum Geburtstag mein Schatz. Hast Du gut geschlafen?"

„Ausgezeichnet Mama, nur ein bisschen seltsam geträumt."

Ria schielte auf den Tisch, wo tatsächlich ein Marmorkuchen mit sechzehn kleinen Kerzen auf dem Tisch thronte. Direkt daneben lag eine kleine blaue Schachtel.

„Oh Mama, ist das alles für mich," fragte sie.

„Aber natürlich, für wen denn sonst? Ich wüsste nicht, dass ich zwei Töchter habe. Oder siehst du hier sonst noch jemanden?"

Ria grinste über beide Backen. Sie blies alle Kerzen aus, setzte sich ihrer Mutter gegenüber und legte ihnen beiden jeweils ein Stück Kuchen auf den Teller. Dann schenkte sie ihrer Mutter Kaffee nach. Ihre eigene Tasse füllte sie zur Hälfte mit Milch auf. Kaffee war ihr zu stark. Sie verstand nicht, wie man schwarzen Kaffee trinken konnte. Bei ihr ging das nur mit viel Milch.

Sie biss in ihren Kuchen. „Hmm, wirklich lecker Mama. Ich sollte wohl viel öfters Geburtstag haben damit Du backst."

„Du weißt doch, dass ich ungern backe. Deshalb kannst Du dir etwas drauf einbilden, denn das habe ich nur für Dich getan."

Ria grinste. „Ich nehme es zur Kenntnis meine werte Dame. Darf ich nun mein Geschenk auspacken?"

Ihre Mutter nickte und schaute sie erwartungsvoll an. „Na mach schon auf." Ria ließ sich das nicht zweimal sagen, schüttelte das kleine Päckchen und riss dann ungeduldig das blaue Geschenkpapier auf.

Vorsichtig öffnete sie die kleine Samtschachtel. Darin lag ein goldener Schlüssel, der an einer feingliedrigen Goldkette hing. Er war etwa so groß wie ein Schließfachschlüssel und sehr filigran gearbeitet. Die mystischen Zeichen darauf waren ihr unbekannt, kamen ihr jedoch bekannt vor. Trotzdem sahen sie wunderschön aus. In ihrer Fantasie stellte sie sich vor, wie sie mit dem Schlüssel den Eintritt ins Feenreich öffnete und musste innerlich schmunzeln. Wenn man nur in einer Fantasiewelt leben könnte, das wäre sicher sehr viel einfacher, als sich der bitteren Realität zu stellen. Doch weg mit den trüben Gedanken, schließlich wurde sie heute sechzehn.

„Wow, der ist ja schön. Wo gehört der denn hin?" Ria war fasziniert.

„Das mein liebes Kind musst Du selbst herausfinden. Bis dahin kannst Du ihn einfach als Kette tragen." Rosalinde stand auf und legte ihrer Tochter die Kette mit dem Schlüssel um den Hals. Ria umarmte ihre Mutter und bedankte sich bei ihr. Dann widmete sie sich ihrem Frühstück.

Ihre Mutter schien gut gelaunt zu sein, deshalb beschloss Ria sie zu fragen, ob sie das mit dem Hausarrest wirklich ernst gemeint hatte. Rosalinde schmunzelte. „Na ja, Du kennst mich. Eigentlich meine ich schon, was ich sage. Aber da du heute Geburtstag hast, will ich dir den Tag nicht versauen. Das wäre dann doch etwas übertrieben und ehrlich gesagt, habe ich Mathe auch nie begriffen. Dein Vater war sehr gut darin logisch zu denken. Aber wir sind wohl eher der intuitive Teil der Familie."

Rosalindes Augen bewölkten sich, als sie an ihren, vor einigen Monaten, verstorbenen Mann dachte. Er war bei einem Autounfall ums Leben gekommen. Urplötzlich aus dem Leben gerissen worden und der Fahrer konnte nie ermittelt werden. Das war furchtbar und sie war immer noch sehr traurig. Er fehlte ihr so sehr. Ihr Martin hatte ein umwerfendes Lachen gehabt und konnte jeden mitreißen. Nun würde sie ihn nie mehr so lachen hören. Rosalinde versuchte sich nichts anmerken zu lassen, denn das war heute Rias Tag und den wollte sie ihrer Tochter nicht mit ihrer Traurigkeit verderben.

„Was machst du denn heute Ria? Hast Du schon irgendetwas geplant?"

„Später wollte Amos vorbeikommen und mich abholen. Er hat wohl auch eine Überraschung für mich. Bis dahin geh ich noch ein bisschen in mein Zimmer, um zu lesen."

Ria hatte die Schatten der Traurigkeit in den Augen ihrer Mutter sehr wohl bemerkt, wollte sich aber dadurch heute nicht herunterziehen lassen. Natürlich vermisste sie ihren Vater ebenfalls sehr. Er war ein toller Vater gewesen und hatte viel gemeinsam mit ihr unternommen.

Doch sie würde ihn immer in guter Erinnerung behalten. Sie stand auf und ging in ihr Zimmer hinauf.

Dieser Raum war ein richtiges Mädchenzimmer. Sie hatte sogar ein Himmelbett und da sie Farben liebte, sich aber nicht entscheiden konnte, welche Farbe sie am meisten mochte, war alles in diesem Zimmer einfach nur bunt und wild zusammengewürfelt. Vermutlich konnte man aus diesem bunten Raum auch gut auf die Persönlichkeit Rias schließen. Sie war für alles offen, sah immer die gute Seite einer Sache und war mutig, entschlossen und hilfsbereit. Nur eines fiel ihr oft schwer, nämlich zu äußern, wenn sie sich nicht gut fühlte und ihre Ruhe wollte. Aber das würde sie sicher auch noch lernen.

Sie schnappte sich ihr Buch vom Nachttisch und begann sich darin zu vertiefen. Bücher hatten ihr schon immer sehr geholfen, wenn sie traurig war. Dann vertiefte sie sich in die Geschichten und grübelte nicht über ihre eigenen Belange nach. Sie fühlte sich dann oft wie in einer anderen Welt, in der sie wilde Abenteuer erlebte.

Die Unterführung

Endlich hörte Ria die Türklingel. Das konnte nur Amos sein. Amos war siebzehn, hatte dunkle, etwas längere lockige Haare und dunkelbraune, fast schwarze Augen. Er war groß und schlaksig und hatte ziemlich große Füße für sein Alter. Deshalb tat er sich auch immer schwer damit, richtig bequeme Schuhe zu finden die ihm gut passten.

Er war es tatsächlich, denn sie hörte seine Stimme im Hausflur, als ihre Mutter ihn überschwänglich begrüßte. Sie stand auf ihn.

„Geh nur rauf zu ihr Amos. Sie wartet sicher schon auf Dich."

Amos nahm zwei Treppenstufen auf einmal und klopfte an Rias Zimmertür.

„Hey Ria," begrüßte er seine Freundin, als diese strahlend vor Glück ihre Tür öffnete. In der Hand hielt er einen kleinen, bunten Strauß Wiesenblumen und eine Schachtel Pralinen.

Das junge Mädchen nahm ihm die Geschenke ab und ging eine Blumenvase holen. „Ich komm gleich wieder."

Kurz darauf kam sie wieder ins Zimmer und stellte den hübschen Strauß in die Vase und auf ihren Schreibtisch. Sie öffnete die Pralinenschachtel, nahm sich eine heraus und steckte sie in den Mund. „Magst Du auch eine?"

Amos schüttelte den Kopf. „Nein danke. Die sind ausschließlich für Dich." Er mochte Schokolade nicht, was Ria nie verstehen würde.

„Sag mal Amos. Du kennst doch auch diese Unterführung am linken Flussufer. Ich habe heute Nacht geträumt, dass da eine blaue Tür ist. Ich kann mich aber nicht daran erinnern, dort jemals eine solche Tür gesehen zu haben. Hast Du dort schon einmal eine Tür wahrgenommen?"

Amos schüttelte den Kopf. „Nein, das wäre mir sicher aufgefallen. Ich fahre da regelmäßig mit dem Fahrrad durch, wenn ich meine Oma besuche. Sag mal, was hast Du denn da für eine außergewöhnliche Kette um den Hals. Der Schlüssel sieht sehr außergewöhnlich aus. Diese Verschnörkelungen sehen aus, als ob sie zu einer anderen Welt gehören würden und dieser grüne Stein da in der Mitte scheint ein Peridot zu sein. Die Farbe passt ausgezeichnet zu deinen schönen Augen."

Ria freute sich über das Kompliment.

„Den Schlüssel habe ich heute Morgen von meiner Mutter bekommen. Sie hat mir aber nicht verraten, wohin der gehört. Vielleicht ist er nur ein ungewöhnliches Schmuckstück und gehört gar nicht zu einem realen Schloss. Auf jeden Fall finde ich ihn großartig. Hast Du Dein Fahrrad dabei? Ich würde gerne mit dir zu dieser Unterführung fahren. Das mit der Tür lässt mir keine Ruhe."

„Ja klar, komm gehen wir. Es ist richtig warm draußen. Lass uns den Tag zusammen genießen."

Sie rannten die Treppe hinunter und schwangen sich auf ihre Räder.

Es war ein Sommertag wie er im Buche stand. Blauer Himmel mit vielen weißen Schäfchenwolken hing über ihnen, die Insekten summten und die Vögel zwitscherten.

Nach einer Viertelstunde waren sie bereits am Fluss angekommen, stiegen von ihren Rädern und setzten sich an das befestigte Ufer. Die Stadtverwaltung hatte kunterbunt bepflanzte Blumenbeete angelegt, Metallbänke aufgestellt und die Wege kostspielig gepflastert. Das Ergebnis konnte sich sehen lassen. Bei diesem Wetter waren viele Menschen unterwegs. Manche hatten Decken mitgebracht und grillten sogar am Flussufer. Es roch verlockend und Ria bekam Hunger.

„Darf ich Dich zu einem Döner einladen Amos? Ich gebe heute einen aus. Schau da vorne können wir uns stärken."

Amos, dem ebenfalls der Magen knurrte, er hatte eigentlich immer Hunger, nickte zustimmend. „Klar, komm."

An der Dönerbude angekommen holte Ria ein Dürüm, ein Döner und zwei Getränke und brachte es zu Amos, der sich – in freudiger Erwartung - auf einer der schwarz lackierten Bänke niedergelassen hatte.

„Ich könnte das jeden Tag essen, oder Spaghetti, oder Pizza. Schade, dass es so gehaltvoll ist. Auf Dauer würde es meiner Figur nicht guttun. Ich würde aufgehen wie ein Fass."

Amos nahm Ria in den Arm. Du gefällst mir wie Du bist, egal ob dick oder dünn.

Vor Rührung schossen Ria ein paar Tränchen in die Augen, die sie aber gleich wegdrückte. Das war doch süß von ihm, so etwas zu sagen. Da schmeckte der Döner gleich nochmal viel besser.

Nachdem die Beiden sich gestärkt hatten stiegen sie wieder auf ihre Drahtesel und fuhren weiter zur Unterführung. Doch dort unten war keine Tür zu finden. Schade. Da war wohl – wieder einmal - die Fantasie mit ihr durchgegangen.

„Komm, wir fahren wieder zurück. Wir könnten noch ein bisschen ans Flussufer sitzen und relaxen und dann sollte ich langsam nach Hause. Vielleicht tauchen noch andere Gäste auf."

Am frühen Nachmittag machte sich Ria dann auf den Weg zu ihrer Mutter nach Hause, während Amos noch einen seiner Freunde treffen wollte.

Ria öffnete die Haustür und hörte schon von weitem Gelächter. Als sie in die Küche spazierte, saß dort ihre Tante Helene vor einem Teller mit Marmorkuchen und einer Tasse Kaffee. Als sie ihre Nichte sah, stand sie sofort auf und drückte Ria an ihren nicht vorhandenen Busen.

Helene war das genaue Gegenteil ihrer Mutter. Sie war groß und hager und hatte Ecken und Kanten. Keine einzige Stelle ihres Körpers war gepolstert. Trotz ihres herben Aussehens war sie eine Seele von Mensch und hatte das Herz am richtigen Fleck. Wenn Rosalinde mit Ria schimpfte und Helene war anwesend, dann nahm diese das Mädchen immer in Schutz. Vielleicht weil sie weder Mann noch Kinder hatte. Irgendwie war es ihr nie vergönnt gewesen.

„Wie geht es denn meinem kleinen Mädchen? Komm lass Dich anschauen. Du wirst immer hübscher. Hast Du denn schon einen festen Freund?"

„Sei nicht so neugierig Tante Helene." Ria grinste. „Ja, ich habe einen Freund und den mag ich sehr. Er heißt Amos und ist siebzehn und Mama mag ihn auch."

Helene grübelte. „Amos ist schon ein etwas exotischer Name. Ich habe noch nie einen Mann mit diesem Namen kennengelernt. Wirklich außergewöhnlich."

„Die Eltern von Amos sind jüdischer Abstammung und ziemlich gläubig. Soweit ich weiß, ist Amos altrömisch und bedeutet "der von Gott Getragene". Aber mein Freund ist ganz unkompliziert in diesen Dingen. Er glaubt zwar an Gott, aber er geht nicht jeden Sonntag in die Kirche. Er hat eher eine spirituelle Einstellung zu den Dingen."

Was meinst Du mit spiritueller Einstellung?"

Ria zuckte die Schultern. „Er denkt, dass alles um uns herum einer höheren Macht unterliegt, aber dass diese höhere Macht nicht eine Person ist, die uns führt, so wie die Kirche es darstellt. Alles ist Energie und hat eine bestimmte Frequenz. Er glaubt auch an ein Leben nach dem Tod. Auch wenn man das nicht beweisen kann."

Helene nickte. „Das ist schon ein spannendes Thema. Also ist Dein Amos eher ein kleiner Philosoph?"

Ria lachte. „Ja, so könnte man ihn nennen, auch wenn er viel besser aussieht und keinen langen Bart hat. Zum Glück."

Nun musste auch ihre Mutter schallend lachen.

„Wie wäre es denn mit einem kleinen Prosecco zur Feier des Tages?"

Als die beiden anderen nickten, eilte sie zum Kühlschrank und holte eine gut gekühlte Flasche heraus, schnappte sich drei Gläser und schenkte ein.

„Auf mein kleines, großes Mädchen. Mögen sich alle Deine Wünsche und Träume erfüllen."

Als die Flasche bald darauf leer war und Ria sich etwas angesäuselt fühlte, schlich sie hinauf in ihr Zimmer, zog sich aus und fiel ins Bett. Augenblicklich schlief sie ein und träumte von der blauen Tür.

Die blaue Tür

Wieder stand Ria in der Unterführung. Als sie nach rechts blickte und die Wand absuchte, erschien dort wieder diese blaue Tür mit den orientalisch anmutenden Ornamenten. Diese Verschnörkelungen sahen fast genauso aus, wie auf ihrem Schlüssel. Doch auch heute war die Tür verschlossen. Dann hörte sie plötzlich eine zarte Stimme in ihrem Kopf sagen: „Benutze doch deinen Schlüssel."

Ria fragte die Stimme: „Wer bist Du denn?"

Die Stimme kicherte. „Ich bin Blue Belle. Die Seelenwächterin."

„Was ist denn eine Seelenwächterin? Davon habe ich noch nie etwas gehört."

„Dann komm Ria und besuche mich. Deine Mutter hat dir nicht umsonst den goldenen Schlüssel geschenkt."

Dann war die Stimme plötzlich weg und Ria schlummerte wieder ein.

Als sie am nächsten Morgen erwachte war es schon fast zehn Uhr. Die Sonne stand schon hoch am Himmel. Ria schnappte sich ihre Jeans und ein frisches T-Shirt, zog sich an und machte sich auf den Weg ins Bad. Dann ging sie hinunter, wo ihre Mutter herumwerkelte und Spiegeleier zubereitete.

Rosalinde hielt in einem kleinen Gartenhaus drei Hühner. Am Wochenende hatte sie immer genügend Eier beisammen, um ihnen ein köstliches Frühstück zuzubereiten. Auch heute hatte sie auf einem Teller je eine Scheibe Brot angerichtet, ließ jeweils zwei mit Käse überbackene Spiegeleier darauf gleiten und schob ihrer Tochter einen Teller auf ihren Platz.

„Sieht lecker aus Mama."

„Danke mein Schatz. Noch kann ich wenigstens dich ein bisschen verwöhnen. Was steht denn heute auf Deinem Programm?"

„Ich träume zurzeit jede Nacht von einer blauen Tür, die sich in der Unterführung am Südufer des Flusses befinden soll. Heute Nacht kam dann noch so eine komische Stimme dazu. Sie sagte, sie hieße Blue Belle und wäre eine Seelenwächterin und ich solle den Schlüssel, den du mir geschenkt hast benutzen, um die Tür aufzuschließen. Aber ehrlich gesagt, war ich mit Amos gestern dort und da war keine blaue Tür. Ich glaube, ich habe zu viel Fantasie. Das habe ich wohl von Papa geerbt."

Rosalinde seufzte traurig. „Ja, Fantasie hatte Dein Vater jede Menge. Er fehlt mir so. Zum Glück habe ich Dich noch. In dir steckt ein Teil von ihm. Ich liebe dich sehr."

Sie nahm Ria fest in den Arm, dann setzten sie sich an den Küchentisch.

Schweigend aßen sie ihre Spiegeleier und jede der beiden trauerte vor sich hin. Ria war froh, als es an der Tür klingelte und Amos vor ihr stand.

„Komm lass uns verschwinden Amos. Meine Mutter ist in einer melancholischen Stimmung und zieht mich sonst nur mit runter. Weißt Du, ich bin auch fruchtbar traurig, dass mein

Vater gestorben ist, aber dadurch wird er auch nicht wieder lebendig und er hätte auch nicht gewollt, dass ich so durchhänge. Übrigens habe ich wieder von dieser blöden blauen Tür geträumt. Könnten wir nochmal hinfahren? Ich möchte etwas ausprobieren."

Amos schaute etwas belämmert und wusste nicht, was er sagen sollte. Doch er nickte brav und stieg auf sein Fahrrad.

Nach kurzer Zeit standen die Beiden wieder in der Unterführung.

„In meinem Traum ist die Tür immer auf der rechten Seite. Schau mal, ist das nicht ein blauer Schimmer dort vorne?"

Neugierig ging sie weiter in die Unterführung hinein. Amos folgte ihr.

An einer Stelle war tatsächlich ein bläulicher Schein zu sehen. Doch es gab kein Schloss, das man aufschließen konnte. Trotzdem nahm Ria ihre Kette ab und nahm den goldenen, verschnörkelten Schlüssel in die Hand.

Plötzlich hörte sie in ihrem Kopf wieder die zarte, melodische Stimme Blue Belles.

„Visualisiere eine blaue Tür und ein Schloss und sprich dazu: „Seelenfarben zeigt euch mir."

Bei sich dachte sie, jetzt werde ich doch tatsächlich verrückt. Doch sie wollte es wenigstens nicht unversucht lassen. Es konnte nicht mehr als schiefgehen.

Sie stellte sich vor die Wand, an der sich der blaue Schimmer zeigte. Dann schloss sie ihre Augen, blendete alles um sich herum aus und visualisierte die blaue Tür, die sie aus ihrem Traum kannte. Dazu sprach sie leise die Worte: „Seelenfarben zeigt euch mir."

Als sie die Augen öffnete war sie zunächst überzeugt, dass nichts passieren würde. Doch einige Sekunden später zeigte sich tatsächlich eine blaue Tür mit einem schön geschwungenen Rundbogen, umrahmt von fremdartigen Ornamenten. Dort fand sich auch ein goldfarbenes Türschloss. Sie steckte ihren goldenen Schlüssel hinein. Er passte tatsächlich. Sie schloss auf und öffnete vorsichtig die Tür, die nach innen aufschwang. Das Mädchen drehte sich zu Amos um, der sie sprachlos und mit großen Augen anstarrte. „Willst du da wirklich hineingehen," fragte er seine Freundin.

Ria nickte wild entschlossen. „Es wird einen Grund haben, warum ich jede Nacht hiervon geträumt habe. Nichts passiert umsonst. Das solltest Du eigentlich am besten wissen. Du weißt doch, dass alles aus Energie besteht, mein kleiner Philosoph."

Vorsichtig schritten Ria und Amos durch die Tür. Dahinter erschien ein kleiner Raum, ähnlich einem kleinen Empfangsraum, Das Licht war auch hier blau. Der Boden war blau und weiß gefliest und hinter einer hölzernen, ebenfalls mit goldenen Ornamenten verzierten Empfangstheke stand ein seltsames Wesen, das sie anlächelte.

Das Wesen war vielleicht einen knappen Meter groß und hatte ein Köpfchen, das einer Katze ähnelte. Doch zwischen den großen, weit auseinander stehenden Fledermausohren fehlte das Fell. Dort war die bläulich gefärbte Haut in Falten gelegt, was ihr ein uraltes Aussehen gab. Die cognacfarbenen Augen waren riesengroß und schienen ungläubig in die Welt zu schauen. Doch man sah, dass diesem Wesen eine tiefe Weisheit innewohnte.

Dieses bizarre Aussehen gab dem fremdartigen Katzenwesen ein bisschen etwas von einem Kobold. Dieser sprach sie plötzlich an.

„Darf ich mich vorstellen? Ich bin Blue Belle, die Seelenwächterin. Entschuldige bitte Ria, dass ich dich in deinen Träumen aufgesucht habe. Du und Amos habt übrigens recht. Alles ist Energie und schwingt in einer bestimmten Frequenz. Träume sind auch Energie und somit können wir auf der feinstofflichen Ebene mit allen Wesen auf dieser Erde durch

Telepathie kommunizieren. Übrigens auch mit unseren geliebten toten Menschenseelen oder mit verstorbenen Tierseelen."

Ria und Amos waren immer noch sprachlos. Doch das junge Mädchen fand recht schnell ihre Sprache wieder. „Schön dich kennenzulernen liebe Blue Belle. Aber warum kommunizierst du gerade mit mir? Was ist der Grund dafür?"

Blue Belle lächelte. „Der Grund dafür ist Dein Vater. Er will Dir unbedingt noch etwas mitteilen, das er dir und deiner Mutter nicht mehr sagen konnte, weil er so schnell aus dem Leben gerissen wurde. Dadurch, dass er noch nicht so recht begriffen hat, dass er tot ist, schwebt er in einer Art Zwischenraum. Du bist hier, weil Du ihn hier im Seelenlabyrinth suchen musst, um ihn in den Regenbogen Raum zu bringen. Dieser Raum entspricht seinen eigentlichen Aura Farben, die er sich durch viele Leben hindurch angeeignet hat und dann wird er erkennen, dass er tot ist. Dann kann er

Frieden finden, euch loslassen und wieder zu Kräften kommen. Wenn er mag, darf er auch wieder reinkarnieren und sich eine neue Familie und ein neues Abenteuer aussuchen. Doch Regenbogenseelen haben ihr Ziel erreicht und müssen nicht mehr reinkarnieren. Sie sind sozusagen im Ruhestand und haben alle ihre Lektionen gelernt. Dein Vater ist also eine sehr alte und weise Seele."

Ria schaute ungläubig zwischen Amos und Blue Belle hin und her. „Ich habe schon immer gewusst, dass mein Vater ein ganz besonderer Mensch war. Er hatte immer eine Antwort auf alle Fragen. Ich werde ihm gerne helfen, doch wie mache ich das? Hier als lebender Mensch?"

Die Katze schien zu schmunzeln. „Auch lebende Menschen haben eine Seele, wie du weißt. Ohne ginge es ja gar nicht. Ihr könnt euch hier frei bewegen. Du entscheidest, ob Amos mitkommt. Aber zu zweit ist es sicher einfacher."

„Klar kann Amos mit. So ein bisschen Unterstützung kann ich sicher gebrauchen."

„Ganz so einfach ist es nicht mein Schatz, wie du jetzt vielleicht denkst. Zunächst müsst ihr auf die Seelenwaage. Je nachdem welches Gewicht und welche Farben eure Seelen haben, bekommt ihr die Währung für den Eintritt in die Seelen Räume. Du musst wissen, dass wir hier ganz viele Räume haben, in allen möglichen Farben. Kommt mit. Wir gehen erst einmal zur Waage."

Blue Belle

Die beiden jungen Menschen folgten Blue Belle in den nächsten Raum.

Dort stand eine monströse Waage, die sehr altmodisch aussah und mit Gewichten bestückt war.

„Stell dich mal darauf meine Liebe."

Ria tat, wie ihr gesagt wurde. Blue Belle nahm verschiedene Gewichte und begann ihr Seelengewicht einzustellen. Dabei sagte sie: „Ah" und „Oh" und verdrehte die riesigen cognacfarbenen Kulleraugen. Plötzlich begann der Balken, der das Gewicht anzeigte, sich zu verfärben. Er zeigte das ganze Spektrum der Regenbogenfarben und ein kleines bisschen grau. Ria und Amos kamen aus dem Staunen nicht mehr heraus. Dann begann das Gerät plötzlich zu rattern und spuckte Edelsteine in all den Farben aus, die ihre Seele aufwies.

Blue Belle war ganz begeistert. „Welch wunderschöne Seelenfarben Du hast. So etwas habe ich schon lange nicht mehr gesehen. Rot für Lebensfreude und

Aktivität, Orange für Elan und Heilung, Gelb für die Sonne und Energie in Dir, Grün für die Liebe zur Natur und deine ureigene Fähigkeit dich selbst zu heilen, Türkis für die Kreativität, Blau für Harmonieliebe und Lila für die Spiritualität. Das grau kommt sicher noch von deiner Trauer über den Verlust deines Vaters. Aber ich bin sicher, dass das noch vergeht. Welch eine Freude dich hier zu haben. Jedenfalls hast du sehr gute Voraussetzungen, um das Abenteuer zu bestehen. Aufpassen musst du allerdings in dem Raum, wo die schwarzen Seelen wohnen. Die werden sicher versuchen sich an deinen wunderschönen Farben satt zu essen. Schwarze Seelen sind, ähnlich wie die schwarzen Löcher im Weltall. Sie saugen alles in sich auf und rauben jegliche Energie. Das kann schon mal lebensbedrohlich werden."

Ria schluckte. Das konnte heiter werden. Auf was ließ sie sich denn da wohl ein.

Als Ria fertig gewogen war und ihre Seelensteine erhalten hatte, musste Amos auf die Waage.

Der Balken an der Waage leuchtete in Pink, schwarz und lila.

„Oh," lächelte Blue Belle. „Du bist freundlich, romantisch, zärtlich, charmant, süß und einfühlsam. Pink hätte ich jetzt eher bei einem Mädchen erwartet. Dein schwarzer Anteil ist allerdings ein extremer Kontrast. Doch du bist auch sehr spirituell, durch das vorhandene Lila. Ria wird dich sicher gut gebrauchen können, denn du ergänzt sie hervorragend. Hier sind Deine Seelensteine." Blue Belle drückte ihm Steine in Pink, schwarz und lila in die Hand. Dann wandte das Katzenwesen sich wieder an Ria.

„Der graue Zwischenraum, in dem sich Dein Vater momentan aufhält, liegt mitten im Seelenlabyrinth. Er bildet sozusagen das Zentrum. Dort lebt seine Seele mit ganz vielen anderen grauen Seelen. Wenn Menschen so plötzlich aus dem Leben gerissen werden, bemerken die Seelen oft nicht, dass sie tot sind. Sie sind in einer Art Zwischenzustand. Solche grauen Seelen wandeln auch manchmal noch auf der Erde und treiben ihr Unwesen, bis sie von uns eingefangen werden. Es wird für Dich nicht so einfach sein, ihn dort ausfindig zu machen. Doch keine Angst, wenn du den Raum erst einmal gefunden hast, dann schaffst du das schon. Du hast hier immerhin einige graue Seelensteine von der Waage mitbekommen und kannst problemlos in den Raum eintreten. Die Seelensteine sind die Währung für den Eintritt in die Räume. Wenn ihr keine passenden Seelensteine mehr habt, dann müsst ihr Aufgaben lösen. Mehr darf ich euch nicht verraten und ich kann euch auch leider nicht begleiten, weil ich hier aufpassen muss, dass keine schwarze Seele verschwindet. Die wollen sich nämlich immer sofort wieder reinkarnieren, um ihr Unwesen zu treiben und dazu brauchen sie erst einmal die Erlaubnis vom Chef. Der muss nämlich vorher ein Gutachten erstellen, ob sie sich gebessert haben, bevor er sie wieder in die Menschenwelt entlässt. Seid ihr bereit?"

Ria und Amos schauten einander an und nickten unisono.

„Dann lasst die Reise beginnen." Ria wollte Blue Belle noch etwas fragen, doch als sie sich zu ihr umdrehte, war das blaue Koboldkätzchen verschwunden.

Im Labyrinth

„Glaubst du der Katze den Mist, den sie erzählt? Was machen wir denn jetzt. Willst du hier wirklich auf die Suche gehen? Ich finde es total verrückt." Amos schaute etwas verzweifelt drein und schien überfordert. „Wie sollen wir denn diesen blöden grauen Raum finden, wenn das so ein Labyrinth ist."

Ria blieb stur. „Du kannst ja zurück gehen. Es ist schließlich mein Vater und nicht deiner."

Amos lenkte ein. Er wollte nicht als Feigling dastehen. „Kommt nicht in Frage. Ich helfe Dir natürlich. Was wäre ich denn sonst für ein Freund. Allerdings stehe ich gerade auf dem Schlauch wie es weitergehen soll und ehrlich gesagt habe ich auch ein bisschen Respekt vor der ganzen Sache. So ungefährlich scheint es nämlich nicht zu sein."

Ria ließ sich nicht beirren und schaute sich in dem kleinen Übergangszimmer um. Es gab vier Türen in diesem Zimmer. Doch welche sollten sie nehmen. Die

Türen waren nicht farblich markiert. Somit hatten sie keinen Anhaltspunkt. Doch da kam ihr die Idee. Sie ging zu der Tür, die am weitesten links lag und schaute durch das vorhandene Schlüsselloch. Ein weißes Licht schimmerte dahinter. Ria überlegte. „Hmm, ich habe keine weißen Seelensteine." Sie beschloss zur nächsten Tür zu gehen und schaute wieder durch das vorhandene Schlüsselloch. Es zeigte sich ein orangefarbener Schimmer.

„Und," fragte Amos gespannt.

„Orange. Ich denke, den Raum nehmen wir."

Sie warf einen der von Blue Belle erhaltenen orangefarbenen Seelensteine durch das Schlüsselloch. Es tat sich nichts. Dann eben noch einen. Nachdem sie drei der Steine eingeworfen hatte, öffnete sich die Tür, wie von Zauberhand. Sie schritten durch die Tür und standen in einem eher kleinen Raum. Der Boden war über und über mit orangefarbenen Ringelblumen übersät und das orangefarbene Licht, das den gesamten Raum flutete, umhüllte sie wohltuend. Kleine geschwungene Kieswege zogen sich durch die Ringelblumen, so dass man gut hindurchgehen konnte.

Kleine orangefarbene Energiebälle flitzten hin und her. Plötzlich hielten sie inne und kamen vorsichtig auf Ria und Amos zu. Einige dockten an ihre Körper an und plötzlich fühlte sich Ria wie aufgeladen mit Elan und Zuversicht alles schaffen zu können.

Für Amos war es eine vollkommen neue Erfahrung, denn in seinem Seelenfarbenspektrum war orange nicht vorhanden. Er wurde geflutet von Fröhlichkeit, fühlte sich kraftvoll und mit positiver Energie aufgetankt. Auch die Sinneswahrnehmung schien sich zu verschärfen. Sie hörten die Energie in diesem Raum fast schon flirren und sirren und fühlten sich rundherum wohl.

Vor allem Amos war es fast unmöglich weiterzugehen. Diese positiven, glückseligen Gefühle waren für ihn eine völlig neue Erfahrung, die ihm aber sehr gut gefiel. Am liebsten wäre er den Rest des Tages hiergeblieben und fast hatte er vergessen, warum er mit seiner Freundin hier war und welche Aufgabe sie zu lösen hatten. „Kannst du allein weitergehen Ria? Hier ist es so schön."

„Nichts da Amos. Wir müssen weiter. Vielleicht kommen wir auf dem Rückweg wieder hierdurch. Dann kannst du immer noch etwas bleiben. Aber jetzt müssen wir definitiv erst einmal weiter."

Ria hatte diese Zuversicht und den Elan von Natur aus in ihrer Farbmatrix und war deshalb dieser Einwirkung nicht so sehr ausgesetzt. Sie genoss es lediglich sich regelrecht aufgetankt zu fühlen.

Es war faszinierend, wie die kleinen orangefarbenen Lichter wie Schmetterlinge an Amos hingen und ihn mit orangefarbener Energie versorgten. Fasziniert betrachtete sie dieses Schauspiel. Gierig sog seine Seele das Licht auf, während sich bei dem Mädchen einfach nur ihr eigenes orangefarbenes Licht etwas verstärkte.

Ria riss sich von dem Anblick los, boxte ihren Freund in die Rippen und sagte: Komm jetzt endlich."

„Na gut, wenn Du meinst." Mühsam erhob er sich und folgte seiner Freundin zu den nächsten Türen, wo Ria bereits durch die Schlüssellöcher schaute.

Sie entschied sich für ein sattes, dunkles grün und begann einige der Seelensteine einzuwerfen. Nach dem vierten Stein öffnete sich die Tür und gab den Blick frei auf ein einziges Dschungeldickicht. Der Raum war riesig. Sie sah die Wände nicht.

Hier wuchs verschwenderisches Grün. Dicke Mammutbäume, Büsche und Gräser in allen Variationen. Dazwischen schlängelten sich verschlungene, schmale Pfade. Sie hörten Wasser in der Nähe plätschern. Das Geräusch zog die beiden magisch an und sie sahen ein kleines, sanftes Bächlein dahinfließen. Ein leichter, angenehm warmer Wind umspielte ihre Körper. Gräser und Blätter schienen in einem beruhigenden Ton zu flüstern. Ein Raubvogel rief.

Amos spürte sofort eine heilende Wirkung in seinem Inneren. Auch diese Farbe fehlte in seiner natürlichen Matrix. Er genoss die grüne Energie sichtlich. Eine wohltuende Müdigkeit bemächtigte sich seiner. Kleine grüne Lichter schwirrten um ihn herum und setzten sich fest, um Traumata zu heilen, von denen er bisher gar nichts gewusst hatte, die ihm aber gerade sehr bewusst wurden.

„Ich frage mich gerade, ob diese Lichter tatsächlich verstorbene Seelen sind und warum sie einzelne Farben haben." Ria schaute dem Schauspiel fasziniert zu.

„Ich würde gerne Blue Belle fragen. Aber ich glaube, dass ich nur im Schlaf Kontakt mit ihr aufnehmen kann. Sie muss uns noch so einiges erklären, damit wir für diese Aufgabe gewappnet sind. Bis Du bereit für ein Nickerchen? Es ist doch so schön erholsam hier. Bleiben wir einfach ein bisschen. Wer weiß, was uns noch erwartet."

Amos nickte begeistert. Er fühlte sich bereits schläfrig. „Ich habe nichts dagegen einzuwenden. Schau da bei diesem großartigen Riesenbaum ist eine weiche Stelle, die mit Moos bewachsen ist."

Das Mädchen und der Junge ließen sich nieder und kuschelten sich auf das weiche Moos Bett. Der Baum schien beruhigend zu flüstern und bald waren sie eingeschlafen.

Im Traum rief Ria nach Blue Belle.

„Blue Belle bist Du da? Ich habe einige Fragen an Dich."

Kurz darauf meldete sich Blue Belles zartes Stimmchen. „Ja, ich bin immer in Deiner Nähe, Du siehst mich nur nicht. Was möchtest Du denn wissen?

„Wir waren bisher in dem orangefarbenen Raum und sind jetzt in einem dunkelgrünen Raum mit unglaublich vielen Pflanzen. Soweit ich weiß, habe ich beide Farben in meiner

Seelenmatrix. Ich fühle mich sehr wohl hier, aber mehr auch nicht. Doch um Amos, der diese Farben nicht in seiner Seelenmatrix hat, schwirren ganz viele kleine Lichter herum. Es sieht aus, als ob sie ihn mit seinen fehlenden Farben auftanken würden. Was hat es denn damit auf sich?"

„Da hast Du gar nicht unrecht meine Liebe. Diese kleinen Wesen, die du da wahrnimmst, sind tatsächlich verstorbene Seelen. Wenn eine Seele stirbt, dann darf sie sich einen Raum aussuchen. Meistens wählt die Seele, den Raum mit dem Licht, von dem sie bereits am meisten hat, weil sie in diesem wohltuenden Zustand bleiben möchte. Andere wählen lieber den grünen Raum, weil sie noch alte Traumata heilen möchten, bevor sie sich stark genug fühlen, um in ein neues Leben aufzubrechen und von vorne zu beginnen."

„Das heißt, wir leben tatsächlich mehrere Leben?" Ria war verblüfft.

Blue Belle grinste. „Ja, in der Tat. Die Seele reinkarniert so oft, bis sie alle ihre Lernaufgaben bestanden hat. Die alten Seelen haben dann alle Farben des Regenbogenspektrums und kein bisschen schwarze Anteile mehr."

Ria gab sich noch nicht zufrieden. „Und warum sieht es so aus, als ob die kleinen Seelen an Amos arbeiten und ihn auftanken?"

„Die Seelenwesen wollen Demjenigen etwas Gutes tun, dem diese Farben fehlen. So spürt er die Wirkung der jeweiligen Farbe, denn jede Farbe drückt einen gewissen Seelen- oder emotionalen Zustand aus. Amos hat nur drei Farben in seiner Farbmatrix. Das heißt, dass er noch eine sehr junge Seele ist und nicht viele Seelenzustände kennt. Anders gesagt, er ist noch kein sehr vielseitiger Mensch. Je mehr Farben in Deiner Seele sind, desto vielseitiger bist Du und umso mehr Erfahrungen hast du in deinen bisherigen Leben bereits gemacht. Deshalb war ich auch so entzückt, als ich deine

Seelenmatrix gesehen habe. Deine vielen Farben zeigen mir, dass du ein ganz besonderer Mensch bist und alle Dinge von mehreren Seiten betrachten kannst. Das wird dir sehr helfen, deinen Vater zu finden. Und für Amos ist es gut hier zu sein, denn er bekommt die Möglichkeit viele neue emotionale Sinneserfahrungen zu machen."

„Das ist wirklich sehr interessant liebste Blue Belle. Ich danke Dir, dass Du mir das so schön erklärt hast. Jetzt kann ich beruhigt weiter meiner Aufgabe nachkommen. Danke schön."

Blue Belle verschwand aus Rias Kopf und sie erwachte ausgeruht.

Sie setzte sich auf, lehnte sich an den Stamm des dicken Baumes und schloss noch einmal die Augen. Sanftes Wispern drang aus der Baumkrone. Es hörte sich an wie ein Mantra, das beruhigend wirkte und das hoffnungsvolle Gefühl blieb, dass sie ihre Aufgabe bewältigen würde. Bald darauf regte sich auch Amos neben ihr. Auch er fühlte sich sichtlich erholt.

Sie beschlossen weiterzugehen. Es dauerte allerdings etwas, bis sie das Ende des riesigen Raumes erreichten. Doch es war kein Wunder, dass dieser Raum so groß war, denn es gab bestimmt sehr viele Seelen, die heilen wollten.

Türkis

Der nächste Raum den Ria erwählte, erstrahlte in einem satten Türkis. Als sie eintraten sahen sie verschiedene Materialien dort aufgehäuft liegen. Darunter waren Sand, Steine, Muscheln und Holz. Kleine Holzhütten auf Stelzen standen verstreut herum.

Plötzlich füllte sich der Raum mit türkisfarbenem Wasser, das immer weiter anstieg. Ria verspürte keine Panik. Sie hatte keine Angst, dass sie durch den Anstieg des Wassers ertrinken könnte. Aber auch das Türkis war eine ihrer Seelenfarben. Sie war es gewohnt bei ungewohnten Hindernissen gelassen zu bleiben und eine konstruktive Lösung zu finden.

Bei Amos sah dies schon ganz anders aus. Ihm fehlte die Eigenschaft, die Kommunikationswege zwischen dem Herzen und dem Geist zu verbinden und somit trotz einer beängstigenden Situation doch emotional ausgeglichen zu sein.

Ria spürte seine Angst, nahm ihn an der Schulter und führte ihn zu einer Holzleiter, die zu einer Plattform führte. Sie hoffte, dass er sich wieder beruhigen würde. Gleichzeitig begannen die kleinen türkisfarbenen Seelen an ihm zu arbeiten.

Das Wasser stieg immer höher und erreichte bereits fast die Unterkante der hölzernen Plattform, auf der sie saßen.

Ria ließ sich nicht beirren und hielt Ausschau nach weiteren Türen. Sanft redete sie auf Amos ein, der sich langsam beruhigte. „Du kannst doch sicher schwimmen Amos, oder?"

„Ja, klar kann ich schwimmen. Warum?"

Ria grinste. „Na weil wir bis zur nächsten Tür schwimmen müssen. Schaffst du das?"

Amos nickte zaghaft. „Es ist ja nicht weit. Versuchen wir es."

Fast zeitgleich sprangen die Beiden ins Wasser und schwammen zur nächstgelegenen Tür. Während sie schwammen, bemerkten sie, wie das Wasser zurückging.

Ganz erstaunt meinte Amos: „Es sieht so aus, als ob wir die Prüfung bestanden hätten. Ich hätte wohl gar keine Angst haben müssen."

Ria nickte. „Du hättest wirklich keine Angst haben müssen. Du kannst doch schwimmen. Man muss nur ruhig bleiben und dann findet man schon eine Lösung. Sicher hast du jetzt wieder etwas gelernt.

Der Blick durch das Schlüsselloch zeigte Pink. Ria bemerkte, dass das nicht ihre Seelenfarbe war und sie keine pinkfarbenen Seelensteine in ihrer Tasche hatte. Deshalb musste Amos dieses Mal seine pinkfarbenen Seelensteine durch das Schloss werfen.

Die Tür öffnete sich auch prompt und sie traten in den pinkfarbenen Raum, in dem Orchideen in allen Pink- und Rosatönen wuchsen. Der ganze Raum war erfüllt von pinkfarbenem Licht, Schmetterlingen und einem betörenden Duft, der einem fast die Sinne raubte.

Amos fühlte sich sofort wohl und Ria bekam das Gefühl, dass Amos viel weiblicher war als sie selbst. Das pinkfarbene Licht umhüllte ihn, verweichlichte seine männlichen Züge und sie konnte ihn sich gut als Frau vorstellen. Sie fragte sich sogar, ob er vielleicht homosexuelle Züge hatte. Da sie noch nie Sex miteinander gehabt hatten, sondern ihre Freundschaft bisher platonisch vor sich hinplätscherte, konnte sie sich diese Frage nicht wirklich beantworten. Doch in diesem Licht fühlte es sich so an, als sei Amos ein sehr weicher, femininer Mann. Erst jetzt wurde ihr bewusst, dass er ein Rasierwasser mit einer sehr femininen, blumigen Note trug, ähnlich dem Orchideenduft in diesem Raum. Das war gut zu wissen fand sie, denn eigentlich mochte sie mehr die harten, undurchschaubaren Jungs. Tattoos und lange Haare fand sie ebenfalls sehr cool. Da Pink nicht ihre Seelenfarbe war, spürte sie deutlich, dass sie sich mit sanfter Weiblichkeit, hübschen Kleidchen, Accessoires und dem

Umsorgen von anderen Menschen nicht wirklich identifizieren konnte. Sie trug lieber ihre Jeans in allen Variationen, konnte sich schnell und spontan entscheiden und wirkte manchmal etwas zu hart für ein weibliches Wesen. Aber das wollte sie eigentlich gar nicht, denn sie war doch ein normales Mädchen, oder?

Plötzlich spürte sie, wie die kleinen pinkfarbenen Seelenwesen sich an ihr Herzchakra anhefteten und ihr pinkfarbene Energie übertrugen. Zum ersten Mal fühlte sie sich etwas sanfter und weiblicher. So fühlte es sich also an, sich als pure, verführerische Frau zu fühlen. Sie beschloss sich hin und wieder etwas weiblicher zu kleiden. Es war keine schlechte Erfahrung, wie sie fand.

Amos fühlte sich in diesem Raum sichtlich wohl, doch da er diese Energie kannte, war er auch bereit sofort weiterzugehen, während sich Ria dieses Mal schwer damit tat, sich von den pinkfarbenen Seelen zu lösen.

„Lass uns noch ein bisschen hierbleiben. Dieses Licht ist so schön," quengelte sie. Doch Amos wollte weiter.

Durch den Einblick in die pinkfarbene Energie wurde Ria bewusst, warum sie sich in der Nähe von Amos meistens viel weiblicher fühlte und warum er es so liebte, ihr beim Schminken und Frisieren zu helfen. Nämlich weil er mehr weibliche als männliche Anteile hatte. Endlich raffte sie sich auf und folgte Amos.

Energie pur

Durch das nächste Schlüsselloch leuchtete ihnen ein strahlendes Gelb entgegen und Ria opferte ein paar ihrer gelben Seelensteine.

Sie traten in einen mit Wüstensand gefüllten, heißen Raum, der eine pulsierende, positive und kraftvolle Energie verströmte. Kleine Oasen mit Wasserlöchern und Dattelpalmen durchzogen den riesigen Raum. Eine Sonne strahlte und füllte den Raum mit gelbem Licht. Ria fühlte sich wieder in ihrem Element, denn das Gelb war eine ihrer Hauptfarben.

Sofort stürzten sich gelbe Seelen auf Amos und luden seine Batterien auf. Die kleinen Seelenlichter taten sich allerdings richtig schwer. Es war, als ob der schwarze Seelenanteil von Amos die kleinen Lichter regelrecht resorbieren würde. Sie schienen sich aufzulösen und es wurden immer weniger. Starben sie etwa?

Ria wollte schnell weitergehen. Die Seelen taten ihr leid. Amos genoss das Licht, das in ihn eindrang, sichtlich. Doch der Raum verdunkelte sich bereits, da er so viele dieser armen gelben Seelen verschlang.

Während Ria selbst genügend Sonnenfarbe in sich trug, war Amos ein Energieräuber, der Licht absorbierte. Jetzt wurde es dem Mädchen auch klar, warum sie in seiner Gegenwart immer so müde wurde. Er saugte ihr förmlich ihre Energie aus. Das war gut zu wissen. Sie hatte sich schon vorgenommen sich mehr von ihm zu distanzieren, auch wenn sie ihn eigentlich sehr mochte.

Um die verbliebenen gelben Seelen zu retten, zog sie Amos schnell zur nächsten Tür und entschuldigte sich gedanklich bei den kleinen Wesen, die so viele ihrerseits geopfert hatten, um Amos diese wundervolle Lichtenergie abzugeben. Dieser fühlte sich tatsächlich wie neugeboren.

Leider mussten sie nun einen vollkommen nachtschwarzen Raum passieren, den nur Amos mit seinen schwarzen Seelensteinen öffnen konnte. Ria wappnete sich bereits, denn ihr war bereits klar, dass sich diese schwarzen Seelen auf sie stürzen würden. Sie wappnete sich, dass sie sofort losrennen musste, um diesen Raum zu durchqueren. Tatsächlich stürzten sich die dunklen Seelen sofort auf sie und versuchten ihre von Natur aus gegebene und belebende Sonnenenergie zu trinken. Das mussten diese dunklen, negativen Seelen sein von denen Blue Belle gesprochen hatte. Also musste sie schnellstens wieder raus hier, sonst würde ihre Energie verloren gehen. Sie rannte förmlich durch den Raum zur nächsten Tür.

Doch Amos wollte nicht weg. Er kannte diesen dunklen Seelenzustand wohl sehr gut und schien sich recht wohlzufühlen, auch wenn seine gerade erst gewonnene Sonnenenergie wieder flöten ging. Die hatte er ja sonst auch nicht. Deswegen machte es auch keinen Unterschied für ihn.

Ria stand schon vor der nächsten Tür und war bereit diese zu öffnen. Doch sie musste warten, denn nur Amos hatte lilafarbene Seelensteine bekommen und konnte die nächste Tür öffnen. Amos stand jedoch noch immer mitten im Raum, als wolle er hierbleiben. Doch Ria musste dringend hier weg, sonst würde sie sterben. Sie ging auf ihn zu und zog ihn am T-Shirt mit zur Tür. „Amos schnell. Ich muss hier raus. Gib mir deine lilafarbenen Seelensteine."

Ihr war klar, dass sie keine dunklen Seelen in den nächsten Raum mitnehmen sollte. Die Dinger waren viel zu zerstörerisch.

Sie nahm einige Steine, die sie Amos inzwischen abgenommen hatte, schüttelte sich wie ein Hund, um die noch an ihr klebenden Seelenwesen abzuschütteln. Dann warf sie die Steine durch das Schlüsselloch und rannte schnell hindurch. Amos musste sie fast gewaltsam durch die Türöffnung schleifen, um schnell die Tür hinter sich schließen zu können.

Ria seufzte. „Uff, geschafft. Wie kann man sich in dunkler Energie so wohl fühlen. Das werde ich wohl nie verstehen."

„Ich muss mich ausruhen," meinte das Mädchen erschöpft. „Diese schwarzen Dinger haben mir meine ganze Energie abgezogen. Ich fühle mich unendlich müde."

Amos konnte das nicht wirklich verstehen, da es ein Teil seines natürlichen Seelenzustandes war. Deshalb sagte er: „Mir geht es sehr gut. Ich kann mir immer Energie von anderen holen. Das ist viel weniger anstrengend, als ständig powern zu müssen." Trotzdem ließ er sich auf einer der kleinen lilafarbenen Bänke nieder, die in dem Raum standen. Dieses Licht war sehr wohltuend. Das Mädchen hatte am liebsten geschlafen, doch Ria wusste, dass sie weitermussten.

Sie fand es unglaublich spannend, welche Wirkung Farben ausüben konnten und wie ihr plötzlich die Wesensunterschiede zwischen ihr und ihrem Freund bewusstwurden. Wie die verschiedenen Seelenfarben sich abstießen oder ergänzten. Sie hatte inzwischen Seiten an Amos wahrgenommen, die sie nicht gut fand und über die sie später dringend nachdenken musste, falls sie hier überhaupt wieder herausfanden.

„Lass uns ein bisschen schlafen. Ich bin sehr müde und habe furchtbaren Hunger und Durst."

Kurz darauf war sie eingeschlafen.

Plötzlich hörte sie die Stimme von Blue Belle. „Hab keine Angst liebe Ria, ich bin sicher, dass Du diese Prüfungen bestehen wirst. Du wirst schon bald auf den dunkelblauen Raum treffen. Der wird zunächst beängstigend sein, aber fürchte dich nicht, das ist alles nur Schein. Dort findest Du auch etwas zu trinken und Nahrung. Denk dran, ich passe auf dich auf. Bis bald."

Dracholine

Als sie einige Stunden später erholt erwachte, weckte sie Amos auf und ging mit ihm zur nächsten Tür. Es zeigte sich tatsächlich dunkelblaues Licht hinter dem Schlüsselloch. Doch keiner von Ihnen hatte dunkelblaue Steine dabei.

„Hmm, was machen wir denn jetzt? Wir haben beide keine blauen Steine."

„Wofür habe ich denn den goldenen Schlüssel? Die erste Tür, die ich mit ihm aufschloss, war auch blau. Ich versuch es."

Sie nestelte an ihrer Kette, um sie abzunehmen und steckte den Schlüssel ins Schloss. Siehe da, die Tür ging auf, ganz ohne Seelensteine.

Sie traten in den nachtblauen Raum und nahmen zunächst nur schattenhafte Umrisse wahr.

In der Mitte des Raumes war ein großes Wasserbecken aus riesigen Steinen. Ria hatte großen Durst und ging schnurstracks darauf zu, in der Hoffnung, dort Wasser trinken zu können. Auf dem breiten Rand des Beckens lagen sogar Früchte. Sie würden also werden verdursten, noch verhungern müssen.

Doch als sie ihren Mund zur Wasseroberfläche neigte, blitzten seltsam gestreifte Augen über der Wasseroberfläche auf. Sie erschrak. Die Augen fixierten sie und beobachteten jede ihrer Bewegungen. Was war das nur für ein seltsames Tier. In der Dunkelheit konnte sie nicht viel erkennen. War es gefährlich? Doch dann erinnerte sie sich an die Worte Blue Belles und hinterfragte die Bedeutung der Farbe Blau.

Blau steht für Sanftmut, aber im Gegensatz zum präsenten, gelassenen Grün, ist Blau ruhig durch Distanz. Gleichzeitig repräsentiert Blau auch eine klare Besonnenheit, Objektivität, Neutralität und Klarheit, das flößt Vertrauen ein und vermittelt ein Gefühl von Sicherheit.

Sie musste also nur ruhig und gelassen bleiben, dann würde ihr das Tier nichts tun. Sie beschloss mit der Kreatur zu sprechen. „Sei gegrüßt und hab keine Angst. Wir kommen in Frieden und wollen Dir nichts tun. Dürfen wir etwas von deinem Wasser trinken und ein bisschen von dem köstlichen Obst essen? Wir sind auf der Suche nach der Seele meines Vaters und schon durch so viele Räume gewandert. Ich habe inzwischen furchtbar Durst und Hunger. Bist du eigentlich Fleischfresser oder Vegetarier."

Sie hatte das Gefühl, dass die unheimlichen Augen wohlwollend blinzelten. Also senkte sie ihre Lippen zur Wasseroberfläche, schöpfte mit ihrer Hand Wasser an ihre Lippen und trank. Das tat gut. Jetzt getraute sich auch Amos an das Becken heran, um seinen Durst zu stillen.

Plötzlich erhob sich das Tier in seiner ganzen Größe aus dem Wasser und sie sahen ein ziemlich großes, geschupptes Reptil vor sich. Es sah aus wie eine Kreuzung aus Drachen und Krokodil.

69

„Hallo ihre lebenden Seelen. Mein Name ist Clarissa. Ich bin ein Drachodil und wache über diesen Brunnen. Es ist schön, dass ihr mich vorher gefragt habt, ob ihr trinken und etwas von meinem Obst haben dürft. Hättet ihr das nicht getan, dann hätte ich Euch leider fressen müssen und Eure Suche hätte ein Ende gehabt. Durch euer respektvolles Verhalten mir gegenüber habt ihr meine Freundschaft gewonnen. Ich werde euch deshalb ein Stück eures Weges begleiten und euch beschützen. Seid ihr einverstanden?"

„Aber gerne Clarissa. Es freut mich, deine Bekanntschaft zu machen. Wie kommt es denn, dass eine Tierseele hier wohnt?"

„Nun Tiere haben auch eine Seele und das Recht hier im Seelenlabyrinth zu wohnen. Nur sind sie nicht nach Farben aufgeteilt, sondern nach den Tierarten. Es wäre auch nicht nötig ihnen Seelen Räume mit unterschiedlichen Farben zu geben, denn sie alle tragen nur schöne und bunte Farben in sich. Da gibt es kein schwarz, denn kein Tier kommt böse zur Welt. Sie alle werden nur durch den Menschen und das Leid, welches ihnen zugefügt wird böse. Anders als beim Menschen fehlt den Tieren die emotional berechnende Seite. Sie wehren sich in der Regel nur, weil ihnen weh getan wird. Menschen, die viele dunkle Seelenanteile haben, können das nicht verstehen. Sie kennen die wirkliche, allgegenwärtige Liebe nicht, die so wunderschön ist und so hell leuchtet. Menschen verwechseln Liebe oft damit einen anderen Menschen besitzen zu wollen, oder sie wünschen sich von anderen Menschen, dass derjenige sie glücklich machen soll. Doch das ist keine wahre Liebe, sondern purer Egoismus.

Alle Tiere kommen bereits als liebende Wesen zur Welt. Sie geben, ohne etwas zu erwarten. Ihre Liebe ist wahrlich uneigennützig. Sie lieben aus dem tiefsten Inneren ihrer Seelen. Doch natürlich reagieren sie auf das, was ihnen entgegengebracht wird. Und wenn ihnen

Böses entgegengebracht wird, dann reagieren sie eben auch böse. Das nennt man spiegeln. Das Gegenüber soll sich bewusstwerden, was er da tut oder getan hat. Doch manche Menschen lernen es nie und deshalb müssen sie auch öfters auf die Welt kommen. Hier geht es immer wieder ums Lernen. Ich kann eure Seelenfarben sehen. Du Ria bist schon eine sehr alte Seele. Du hast schon ganz viele bunten Farben und kein schwarz. Das sagt mir, dass du ein durch und durch positiver und guter Mensch mit einer starken Weitsicht und Weisheit bist und niemals einem anderen Lebewesen bewusst Leid zufügen würdest.

Bei Amos sieht es schon etwas anders aus. Er ist eine Seele, die noch nicht so viele Leben bestritten hat und auch noch viel lernen muss. Seine schwarzen Seelenanteile machen mir etwas Sorge. Man kann nur hoffen, dass er sich da noch bessert. Du hast gesehen, dass Gelb (Licht) und Schwarz (Schatten) immer gegeneinander kämpfen, weil das

Schwarz (böse/negativ) das Gelb (gut/positiv) aufsaugen will. Die Farben neutralisieren sich sozusagen gegenseitig. Überall auf der Erde und auch hier, wirst Du diese Dualität finden. Jede Situation hat etwas Gutes und etwas Schlechtes an sich. Es kommt auf die Betrachtungsweise an. Aber Du liebe Ria, wirst sicher immer die gute Seite sehen können, während Amos sich eher zur negativen Sichtweise hingezogen fühlt. Aber mit viel Arbeit an sich selbst, könnte er das Ändern und sein schwarzer Seelenanteil würde immer kleiner werden und irgendwann ganz verschwinden."

Erst jetzt wurde dem Mädchen bewusst, dass sie sich schon immer gewundert hatte, warum Amos immer alles so negativ sah. Bei ihm war das Glas immer halbleer.

„Du hast wirklich recht Clarissa. Jetzt fällt mir das auch auf. Warum gibt es in Deinem Raum nicht viel mehr Drachodile?"

„Ach das ist eine traurige Geschichte."
Clarissa wurde kurz melancholisch.
„Eigentlich ist ein Drachodil unsterblich
und muss gar nicht ins Seelenlabyrinth.
Aber ich bin damals, als ich noch gelebt
habe, verhungert. Durch eine von
Menschen herbeigeführte Katastrophe
wurde mein Futter vernichtet und somit
versiegte meine Nahrungsquelle. Du
musst wissen, ich bin nämlich
Vegetarierin und hätte Dich niemals
gefressen. Und ich war auf der ganzen
Erde das einzige echte Drachodil. Und
ich wollte nicht in den Seelenraum mit
den fleischfressenden Drachen und
Krokodilen. Da hätte ich mich sicher
nicht wohl gefühlt. Hier im dunkelblauen
Raum habe ich mein eigenes
Wasserbecken und genügend zu essen,
aber ich bin eben ganz allein und fühle
mich manchmal doch ziemlich verlassen.
Dann mache ich manchmal ein paar
Spaziergänge, um die anderen farbigen
Seelen zu besuchen. Besonders im Raum
mit den Kühen fühle ich mich

ausgesprochen wohl. Vielleicht sollte ich einmal mit Blue Belle sprechen, ob sie mich umquartieren kann."

Ria musste herzhaft lachen. „Das wäre doch fantastisch. Dann hättest Du Freunde um Dich herum. Die Kühe würden sich sicher an Dich gewöhnen, sobald sie wissen, dass Du Vegetarierin bist. Soll ich bei Blue Belle ein gutes Wort für Dich einlegen?"

Das Drachodil nickte. „Das wäre sehr lieb von Dir."

Ria überlegte kurz. „Wenn es hier Räume mit Tieren gibt, dann gibt es doch sicher auch einen Raum, wo alle Katzenseelen sind."

„Klar gibt es einen Katzenraum," nickte Clarissa.

„Amos würde es dir etwas ausmachen, wenn wir einen Umweg über den Katzenraum machen würden? Ich würde gerne meine verstorbene Katze Lollipop wieder sehen, wenn wir schon da sind."

„Wenn Clarissa uns den Raum zeigen möchte, dann können wir das gerne machen."

Das Drachodil freute sich sehr und nickte.

„Aber klar kann ich das. Es ist gar nicht so weit. Schau hier hinten habe ich ganz viele Türen in meinem nachtblauen Raum. Die gehen fast alle zu den Tierräumen. Ich werde es euch zeigen."

Lollipop

Clarissa watschelte behäbig voraus. Sie war nicht die Schnellste, aber hier im Labyrinth gab es auch keinen Grund zur Eile.

Kurz darauf standen sie vor einer Tür, die von einem Katzenkopf geziert wurde. Schaut, das hier ist der Katzenraum.

Clarissa klopfte dreimal an die Tür und schon schwang sie auf.

Nachdem sie eingetreten waren, spürte Ria sofort eine wohltuende Energie um sich herum. Regenbogenfarbene Lichtspiele fluteten den Raum. Überall lagen Bälle und andere Spielsachen. Sie sah viele kleine knallbunte Seelenbälle herumhopsen. Scheinbar spielten die Katzenseelen auch im Seelenlabyrinth ihre Spielchen. Es war amüsant zuzuschauen.

Urplötzlich löste sich eins der bunten Knäuel aus der Menge und sprang direkt in Rias Arme. Ein tiefes Gefühl der Vertrautheit und der Liebe zu dem kleinen Energieball durchflutete Rias

Körper. Das musste ihre Katze Lollipop sein. Mental verband sie sich mit ihr und hörte plötzlich ein zartes Stimmchen.

„Ich freue mich so liebes Frauchen, dass du mich besuchen kommst. Ich wollte dir schon immer sagen, dass du keine Schuldgefühle haben musst, weil du mich hast einschläfern lassen. Mein Körper war todkrank und ich hatte sehr starke Schmerzen. Wir Katzen lassen uns das nicht so oft anmerken, denn wir schnurren ja wenn wir uns wohlfühlen, aber auch dann, wenn die Schmerzen unerträglich werden. Ich danke dir jedenfalls sehr, dass ich mein ganzes irdisches Leben bei dir verbringen durfte. Du bist das beste Frauchen, das ich je hatte und wenn ich darf, dann komme ich eines Tages wieder zu Dir. Du musst mich nur in Deinen Gedanken rufen, dann werde ich mich reinkarnieren und Dir einfach so als neue Katze zulaufen. Dann haben wir wieder ein großartiges Leben miteinander."

Aus Rias Augen strömten die Tränen vor lauter Rührung. „Oh mein kleiner Liebling, das wäre so schön. Wenn ich hier jemals rauskomme, dann werde ich dich ganz bestimmt rufen. Du fehlst mir nämlich so sehr."

Amos wurde langsam unruhig. Er hatte zwar weibliche Anteile, aber eher die egoistischen und nicht die einfühlsamen. Deshalb konnte er mit dieser Gefühlsduselei wegen eines Tieres nichts anfangen.

„Können wir jetzt endlich gehen? Das Katzenvieh siehst du doch irgendwann wieder. Aber wir haben hier eine Aufgabe zu erfüllen."

Diese Worte taten Ria ziemlich weh und wieder entdeckte sie, wie wenig empathisch ihr Freund doch eigentlich war. Trotzdem lenkte sie ein. „Du hast recht, wir müssen weiter."

Sie verabschiedete sich von Lollipops Seele und versprach ihr, sie bald zu rufen.

„Kannst Du uns eigentlich auch den Weg zum grauen Raum zeigen liebste Clarissa?"

„Was wollt ihr denn da? Der Raum ist gefährlich soweit ich weiß. Die dortigen Seelen sind alle grau und wissen nicht, wo sie sind. Sie sind orientierungslos."

„Ja, das hat uns Blue Belle schon erzählt. Wir müssen aber meinen Vater dort treffen und herausholen. Er will mir unbedingt noch etwas sagen. Er kam bei einem Unfall mit Fahrerflucht ums Leben. Vielleicht kennt er den Fahrer, oder er will sich einfach noch verabschieden. Jedenfalls ist es sehr wichtig für ihn und mich und letztendlich auch für meine Mutter."

Drachodil Clarissa nickte nachdenklich. „Ich versteh Dich. Ich kann Euch zu diesem Raum führen, aber ich möchte nicht mit hineingehen. Dabei hätte ich viel zu viel Angst."

Innerlich musste Ria schmunzeln, dass ein so großes und furchteinflößend aussehendes Tier Angst vor grauen

Seelen hatte. Doch natürlich musste sie das respektieren. Sicher wusste Clarissa gar nicht, wie gefährlich sie auf andere wirkte.

„Es reicht wirklich, wenn du uns einfach bis zur Tür führst. Das wäre großartig von dir."

Erleichtert nickte das Drachodil und schritt voraus.

Im Gehen drehte es sich um. „Das graue Zimmer ist direkt hinter dem Hundezimmer. Die Hunde haben den Auftrag, die Tür zum grauen Raum zu bewachen."

Ria und Amos war es ein bisschen mulmig, auch wenn sie wussten, dass Tierseelen eigentlich liebenswert waren.

Schon öffnete Clarissa die Tür zum Hunderaum. Auch hier gab es nur quietschbunte Spielsachen und Hunde-seelenkugeln. Manche lagen einfach so herum und schienen zu schlafen, andere tollten und spielten miteinander. Doch je näher sie der Tür zum grauen Raum kamen, desto wachsamer schienen die Hundeseelen zu sein.

„Wie kommen wir jetzt da durch, ohne dass die uns anfallen?" Amos hatte sichtlich Angst.

Clarissa hatte sich im Hunderaum auf den Boden gesetzt und war sofort von kleinen Seelenknäueln umgeben. Sie grinste. „Ich werde mit ihnen spielen, dann sind sie abgelenkt."

Ria wunderte sich zwar, wie das Drachodil mit den Hundeseelen spielen wollte. Als sie aber sah, dass Clarissa plötzlich kleine Bälle aus ihren Nasenlöchern auspustete, war sie doch sichtlich überrascht. Schnell suchte sie ihre wenigen grauen Seelensteine zusammen und warf sie durch das Türschloss.

Der Raum öffnete sich. Er schien sehr groß zu sein. Undurchsichtige, grau wabernde Energie, wie zäher Nebel empfing sie als sie eintraten. Es fühlte sich unangenehm, kalt und feucht an.

Hin und wieder spürten sie etwas an sich vorbeihuschen. Wie sollte Ria hier ihren Vater finden?

Schon hatte sich eine graue Seele an sie angeheftet und versuchte Energie zu ziehen. Doch als sie zu Amos hinübersah bemerkte sie, dass an ihm ganz viele Seelenwesen hingen und sich an seiner schwarzen Energie labten. Das war nicht gut. Sie musste schleunigst ihren Vater finden. Deshalb ging sie tiefer in den Raum. Doch es war aussichtslos und sie verlor an Kraft. Deshalb beschloss sie umzukehren.

Erschöpft erreichte sie die Tür zum Hunderaum. Doch diese ließ sich von dieser Seite aus nicht öffnen. Also trommelte sie wie verrückt an die Tür. Glücklicherweise öffnete Clarissa, trotz ihrer Angst vor den grauen Seelen.

Ria keuchte. „Wir brauchen dringend Hilfe. Amos liegt schon am Boden. Ich glaube er verliert all seine negative Energie und die grauen Seelen werden stärker und böser.“

Das Drachodil seufzte. Nun war es so weit. Es musste sich seinen Ängsten stellen.

Da die Hunde so schön mit ihr gespielt hatten, warf sie ihre Bälle direkt in den grauen Raum. Die Hundeseelen flitzten hinterher und erleuchteten den Raum mit ihrem bunten Licht. Die grauen Seelen wollten zwar an die bunten Seelen andocken, doch diese waren viel zu flink und ließen sich nicht so einfach fangen. Der Nebel lichtete sich und in dem großen Raum entdeckte Ria eine Seele die bewegungslos im Raum zu stehen schien. War das ihr Vater? Sie beschloss zu der Seele hinzugehen.

„Bist Du das, Papa? Ich bin es, deine Tochter Ria. Kannst Du mich hören? Sie wiederholte die Worte in ihren Gedanken. Plötzlich schien ein Ruck durch die Seele zu gehen. Er heftete sich an Ria. In ihrem Kopf ertönte die warmherzige Stimme ihres Vaters.

„Ria, meine geliebte Tochter, hast du mich endlich gefunden? Wo warst du denn?"

Das Mädchen war überglücklich. „Bleib bei mir Papa, wir müssen hier erst einmal raus aus diesem negativen Raum, dann erkläre ich dir alles."

Ria rief nach Clarissa, die ihre Spielbälle wieder in Richtung Hundezimmer warf. Alle Hundeseelen flitzten in ihren eigenen Raum zurück. Doch Amos lag am Boden und war schon ziemlich geschwächt. Ria zog ihn am T-Shirt hinter sich her. Vorsichtig klopfte sie die anderen Seelen von ihrem Freund weg. Doch dann wurde ihr bewusst, dass diese Seelen alle gar nicht wussten, dass sie tot waren. Deshalb hielt sie inne und versuchte gedanklich mit ihnen zu kommunizieren.

„Liebe graue Seelen," sagte sie in ihrem Geiste. „Euch ist es bestimmt gar nicht bewusst, aber ihr seid gestorben und weilt nicht mehr auf der Erde."

In Rias Kopf ertönten Antworten von: „Das kann doch gar nicht sein" bis hin zu „Wo bin ich" und „Kannst du uns helfen den richtigen Weg zu finden?"

Das Mädchen überlegte. „Ich habe ehrlich gesagt keine Ahnung, wie ich euch helfen kann. Doch ich habe hier noch ganz viele meiner Seelensteine. Ich werde diese jetzt in die Mitte des Raumes werfen und ihr könnt Euch eine Farbe aussuchen. Ich bin sicher, dass euch die Seelenwächterin nachher abholen wird und euch den jeweiligen Farbräumen zuführen wird, damit ihr euch auf euer nächstes Leben vorbereiten könnt. Seid ihr einverstanden?"

Sie wartete die Antwort erst gar nicht ab, sondern warf alle ihre Seelensteine in die Mitte des Raumes. Während sich die grauen Seelen auf die Steine stürzten, zog sie Amos mit sich durch die Tür in den Hunderaum und schloss diese schnell. Erschöpft setzte sie sich auf den Boden. Amos musste sich sogar zunächst wieder hinlegen.

Papaseele

Drachodil Clarissa setzte sich ebenfalls. Knallbunte Hundeseelen umringten sie sofort und wollten weiterspielen. Sie fühlte sich sichtlich wohl zwischen ihren tierischen Freunden.

Einige der Hundeseelen setzten sich auf den Schoß von Ria und Amos und gaben ihnen etwas von ihrer gelben und orangefarbenen Energie ab. Bald ging es den beiden wieder besser. Auch die Seele ihres Vaters nahm plötzlich knallbunte Farben an. Er schien stärker zu werden. Aber noch vermochte er kaum mit ihr zu kommunizieren. Er schien mitten in einer Art Wandlung zu sein.

„Und wie kommen wir hier wieder hinaus?" fragte Amos. „Du hast alle Steine weggeworfen. Jetzt können wir keine Türen mehr öffnen."

„Na ja, Clarissa kann uns öffnen. Dann wären wir schon mal zurück im nachtblauen Raum und dort können wir uns zumindest stärken, etwas trinken und essen. Das ist doch schon mal die halbe Miete."

Clarissa nickte. „Räume zu öffnen ist für mich absolut kein Problem. Kommt mit." Die beiden Jugendlichen folgten ihrer neuen Freundin und bald standen sie im nachtblauen Raum, am Wasserbecken und stillten ihren Durst. Clarissas Früchte schmeckten auch ausgezeichnet. So gesättigt wurden sie sehr müde und beschlossen, etwas zu schlafen. Ria hoffte darauf Blue Belle zu hören.

Kaum eingeschlafen hatte sie schon Kontakt zu Blue Belle.

„Herzlichen Glückwunsch liebste Ria. Du hast deinen Vater gefunden. Er wird leider nicht lange bei dir bleiben können, denn er muss dringend in den Regenbogenraum und sich ausruhen von den Strapazen. Ich bin sehr stolz auf dich. Ich habe aber ehrlich gesagt auch nichts anderes von dir erwartet. Alle Regenbogenseelen haben ihr Lebensziel erreicht und müssen nichts mehr dazulernen. Doch es ist ihnen selbstverständlich freigestellt sich wieder zu reinkarnieren. Sie können den jungen Seelen dabei helfen ihre Lernaufgaben zu bewältigen, denn wenn so ein ganz frisches Seelchen in den Bauch einer werdenden Mutter schlüpft, dann ist sie doch am Anfang noch recht hilflos. Die alten Seelen übernehmen dann den helfenden Part, ohne dass die jungen Seelen es bemerken. Du musst dir das wie ehrenamtliche Straßenarbeiter vorstellen. Sie tun das einfach aus Liebe, denn die Regenbogenseelen haben den Status erlangt, einfach nur lieben zu können, ohne jegliche Erwartungshaltung."

Ria staunte. „Dann bin ich tatsächlich auch eine alte Seele, oder?"

„Ja, genauso wie dein Papa. Schau Dir an, in welcher Farbenpracht er inzwischen leuchtet." Ria staunte. Das sieht großartig aus. „Das heißt aber auch, dass ich ihn wahrscheinlich nie mehr wiedersehen werde. Schade. Wie kommen wir denn nun wieder hier aus diesem Labyrinth hinaus. Kannst du uns noch einen Tipp geben liebste Blue Belle?"

„Das darf ich leider nicht. Aber du bist ja erfinderisch. Lass dich einfach von deinem Gefühl leiten, dann funktioniert das schon."

Kurze Zeit später erwachte das Mädchen und bemerkte die Seele, die an ihrer Seite leuchtete. Ria konnte sich kaum sattsehen an der schönen Seele ihres Vaters und versuchte Kontakt aufzunehmen.

„Papa bist du wach? Du wolltest mir noch etwas sagen."

„Ja mein Kind, in der Tat. Es tut so gut, nicht mehr dieses graue, triste Dasein fristen zu müssen. Also erstens wollte ich Dir sagen, dass ich dich unendlich liebe und das auch immer tun werde, ganz egal wo ich bin oder sein werde. Vielleicht sollte ich einfach warten, bis wir hier im Seelenlabyrinth wieder zusammen sind und dann alle wieder gemeinsam neu inkarnieren können. Wir waren schließlich eine großartige Familie. Hier spielt Zeit keine Rolle. Deshalb würde mir das auch nichts ausmachen. Aber das war nicht mein einziges Anliegen."

Er setzte sich bequem hin und kommunizierte dann weiter.

„Ich wollte dir den Unfallhergang schildern. Du weißt, dass ich zu Fuß unterwegs zu meinem Arbeitsplatz war. Es regnete zwar etwas, aber ich hatte meinen Schirm dabei und genoss die Abkühlung durch den Regen. Es war in den letzten Tagen schon sehr warm gewesen. An der Hauptstraße war ich wohl etwas unaufmerksam und habe den herannahenden Wagen leider nicht gleich bemerkt. Erst als er mich bereits frontal auf seinen Kühlerrost nahm. Ich kann mich noch erinnern, dass das sehr schmerzhaft war. Doch dann überkam mich recht schnell eine tiefe Dunkelheit. Ich kann also nicht lange gelitten haben. Vielleicht ist dir und deiner Mama das ein gewisser Trost. Allerdings habe ich noch das Gesicht des Fahrers gesehen."

Er stockte. Ria war neugierig. „Und, wer hat dich überfahren? Es war nämlich

Fahrerflucht. Der Fahrer ist einfach verschwunden und hat dich liegen lassen. Die Polizei konnte ihn aber nicht ermitteln, da sie keine Zeugen gefunden haben, die das Ganze beobachtet hätten. Alles ging wohl rasend schnell."

„Es war die Dame, die zwei Häuser neben uns wohnt. Ich glaube sie heißt Elfriede Sontheimer. Du kennst sie sicher. Sie hat blonde, kurze Haare und einen kleinen Hund. Sie schien es eilig zu haben. Du hast sie sicher schon gesehen. Es wäre schön, wenn Du ihr ausrichten könntest, dass ich ihr verzeihe. Es war nicht allein ihre Schuld."

Ria war zunächst sprachlos. „Du erwartest wirklich, dass ich zu der Frau gehe, die meinen geliebten Papa überfahren hat und ihr sage, dass du ihr verzeihst? Das kann ich dir nicht versprechen. Schließlich hat sie unendliches Leid über Mama und mich gebracht."

„Ja, das hat sie. Aber sie tat es nicht mit Absicht und war nach ihrer Tat selbst unglaublich traurig und Du wirst sehen, sie wird sich sehr schuldig fühlen. Und wenn man Schuldgefühle nicht aufarbeitet, dann bekommt man oft schwere, lebensbedrohliche Erkrankungen. Versuch sie zu lieben. Du wirst es verstehen, wenn du bei ihr warst."

Ria konnte nur den Kopf schütteln. Hatte sie richtig gehört? Ihr Vater wollte, dass sie dieser Täterin verzieh. Das war wahrlich eine Mammutaufgabe. Sie wusste nicht, wie sie das emotional bewerkstelligen sollte. Momentan fühlte sie nur eine riesengroße Wut auf Frau Sontheimer.

Die Seele neben ihr hatte nun plötzlich einen allumfassenden rosafarbenen, weichen Schimmer angenommen.

Was hatte ihr Blue Belle über die Farbe rosa erzählt? Sie symbolisiert die allgemeine Liebe zu Gottes Schöpfung und auch die Liebe und Liebesfähigkeit zwischen Mann, Frau und Kind. Und diese Liebe ist immer selbstlos. Nicht umsonst wird rosa dem Herzchakra zugeschrieben. Das musste Ria erst einmal verdauen. Aber da sich die eh schon bunten Seelenfarben ihres Vaters nun noch extrarosa eingehüllt hatten, war sie sich fast sicher, dass er das absolute Endstadium der Seelenwanderung erreicht hatte. Er würde nie mehr wiederkommen müssen. Auf der einen Seite freute sich Ria für ihren Vater, auf der anderen Seite machte es sie traurig, dass sie bald endgültig Abschied nehmen musste. Doch Blue Belle hatte ihr ebenfalls gesagt, dass er noch Ehrenrunden in neuen Leben drehen durfte, falls er das wollte. Das war ein kleiner Trost.

„Oh Papa. Ich wünschte, ich dürfte dich wieder mit nach Hause nehmen. Stattdessen muss ich eine so schwere Aufgabe erfüllen und werde dich nie mehr wiedersehen."

„Ach meine tapfere Kleine. Du bist doch auch schon viel öfters auf dieser Erde gewandelt als du denkst. Du wirst das schon schaffen und Blue Belle hat dir sicher erzählt, dass du auf der feinstofflichen Ebene immer mit mir kommunizieren kannst. Lollipop, deine verstorbene Katze hat dir das auch schon mitgeteilt."

„Ja das hat sie in der Tat und das werde ich auch tun. Doch jetzt müssen wir dich in den Regenbogenraum bringen, damit du dich ausruhen kannst."

Sie weckte Amos und Clarissa.

„Kommst du mit Clarissa? Du musst uns doch die Türen öffnen."

„Geht ruhig allein weiter. Ich möchte noch eine Runde hier in meinem Wasserbecken dösen. Das ist immer so schön entspannend. Ihr müsst die Tür da ganz links nehmen. Die geht zum Regenbogenraum. Und vergiss bitte nicht Blue Belle zu sagen, dass ich in den Kühe Raum umziehen möchte. Vielleicht kann ich dort auch ein Wasserbecken haben."

Ria lachte schallend und versprach es. „Und wie kommen wir ohne dich in den Regenbogenraum?"

„Na, wie wäre es, wenn du deinen Schlüssel benutzen würdest, oder hast du den schon komplett vergessen?"

„Ich Trottel," sagte das Mädchen zu sich selbst. Sie hatte tatsächlich gar nicht mehr an den Schlüssel gedacht, der an ihrem Hals baumelte.

Sie nahm die Kette ab und steckte den Schlüssel ins Schloss. Die Tür ließ sich problemlos öffnen und sie standen im Regenbogenraum. Das prachtvolle bunte Licht in allen Regenbogenfarben machte sie direkt sprachlos. Welch schöne Energie dies war. Man fühlte sich wie in einer Kathedrale, wenn die Sonne durch bunte Glasfenster scheint.

Papa Seele meldete sich zu Wort. „Siehst Du wie schön es hier ist mein Kind? Ich werde mich hier rundherum wohlfühlen. Du musst dir keine Sorgen um mich machen. Und Mama kannst Du das auch ausrichten. Sie wird zwar anfangs an deinem Verstand zweifeln, aber ich werde ihr ein Zeichen senden. Dann wird sie es dir glauben. Du kannst ihr auch noch sagen, dass sie sich ruhig wieder verlieben darf. Ich möchte nur, dass sie glücklich ist. Sie muss auf nichts verzichten meinetwegen."

Ria stiegen Tränen in die Augen. „Ja Papa, das werde ich ihr ausrichten. Wir vermissen dich so. Aber jetzt wissen wir wenigstens, wo du bist, und dass es dir gut geht. Dann lässt es sich viel besser ertragen. Leb wohl und bis irgendwann. Vielleicht magst du ehrenamtlich ein bisschen auf der Erde rumhüpfen und mir bei meinen Lernaufgaben helfen."

Sie hörte das Lachen ihrer Papaseele in ihrem Kopf und griff nach ihrem Schlüssel. Auch die nächste Tür ließ sich damit mühelos öffnen.

Abschied

Ria und Amos staunten nicht schlecht, als sie sich direkt im Eingangsbereich wiederfanden und Blue Belle - fröhlich strahlend - direkt vor ihnen auftauchte.

„Da seid ihr ja, ihr Beiden. Ich bin sicher ihr habt viel gelernt."

Ria und Amos nickten unisono.

Amos fragte Blue Belle: „Dürfen wir jetzt endlich gehen? Ich würde gerne wieder in die reale Welt zurück."

Blue Belle kicherte. „Zuerst muss ich dich noch einmal wiegen junger Mann. Vielleicht hast Du neue Farben dazu bekommen."

„Und was soll mir das bringen?" Amos wurde es langsam zu viel. Er wollte nur noch raus hier.

„Na ja, schauen wir einmal, ob du etwas dazu gelernt hast. Also rauf auf die Waage."

Missmutig stieg Amos auf die Waage und kurz darauf färbte sich der Seelenbalken. Es zeigte sich Pink, schwarz, lila und ein winziges bisschen türkis.

„Wenigstens hast du gelernt, deine rationale und deine emotionale Seite zu verbinden. Aber das hier ist noch nicht viel türkis. Du musst also noch viele Erfahrungen sammeln und der Regenbogenraum ist noch weit. Also streng dich an. Wenn Du willst, dann kannst du jetzt gerne gehen. Ich muss noch etwas mit Ria besprechen."

Sichtlich beleidigt trottete Amos zur Ausgangstür. „Wir sehen uns Ria. Ich geh jetzt erst mal heim." Ria winkte ihm nur. Die Tür schloss sich. Amos war weg.

„Soll ich auch auf die Waage Blue Belle?"

„Musst Du nicht, wenn Du nicht magst. Aber wir können gerne nachschauen, ob sich bei dir etwas verändern hat."

„Doch ich mag schon. Es fasziniert mich." Ria stellte sich auf die Waage und der Seelenbalken zeigte bald darauf, dass die grauen Anteile vollkommen weg waren.

Blue Belle umarmte sie. „Das ist wirklich fantastisch. Du übertriffst alles, was ich bisher gesehen habe. Deine innere Schönheit ist enorm. Lass dir niemals von einem anderen Menschen einreden, dass du nicht schön seist."

Ria begann zu heulen. „Es gab tatsächlich schon einige Jungs, die mir gesagt haben, dass sie mich nicht sehr hübsch finden und nichts von mir wissen wollten oder mich ausgenutzt haben."

„Schau, diese Jungs sind nur Lernaufgaben für dich gewesen. Du hast nun erkannt, dass du wahrlich schön bist. Auch wenn das nicht jeder Mensch wahrnehmen kann. Es reicht, wenn du selbst das weißt. Du musst dich mit Menschen, die dich nicht mögen gar nicht abgeben. Da du sehr viel lichtvolle Energie hast, werden die Schatten dich immer umzingeln. Es genügt, dies zu wissen, du wirst es ab sofort erkennen können. So wie du erkannt hast, dass Amos dir eigentlich auch nicht guttut, sondern nur da ist, um sich an deiner wunderschönen Energie zu laben. Von sich aus würde er nie gehen, denn er hat seine Energiequelle mit dir gefunden."

„Sag mal Blue Belle. Du siehst aus wie eine Katze. Warum bist du dann nicht im Katzen Raum?"

„Na ja, ich war in meinem früheren Leben eine Devon Rex Katze. Deshalb auch die Falten auf meinem Kopf und die großen Augen. Leider hatte ich mir in diesem Leben ausgesucht, an einer genetischen Krankheit zu sterben. Und ich habe meine bunte Seelenfarbe verloren. Du siehst ja, dass ich nur blau bin. Doch unser Chef hat gemeint, dass ich genau dadurch etwas ganz Besonderes sei und hat mich zur Seelenhüterin ernannt. Ich bin dafür verantwortlich, dass alle Seelen in Ruhe reifen können und keine schwarze Seele entkommt."

„Da hast du aber wahrlich einen verantwortungsvollen Job bekommen."

„Finde ich auch. Vor allem macht er Spaß. Ich fühle mich an dieser Stelle sehr wohl und hin und wieder kann ich auch durch die Tür in die Außenwelt linsen und ein paar Menschen ärgern."

„Ach, bevor ich gehe, soll ich dir noch von Clarissa ausrichten, dass sie bei den Kühen leben möchte. Sie hätte aber gerne ein eigenes Wasserbecken dort, weil sie das so entspannend findet."

Blue Belle lächelte. „Ich werde sehen, was ich für sie tun kann. Sie hat euch sehr gut geholfen. Das muss wirklich belohnt werden. Ich werde mit dem Chef sprechen."

Blue Belle und Ria fielen sich noch einmal in die Arme. Dann öffnete das Mädchen die Tür zur normalen Welt. Kaum war sie hindurchgetreten, war die blaue Tür verschwunden.

Neuigkeiten

Es fühlte sich komisch an, wieder in der realen Welt zu sein. Sie brannte darauf, ihrer Mutter zu erzählen, was passiert war. Schnell schnappte sie sich ihr Fahrrad, das erstaunlicherweise noch am selben Ort stand und nicht gestohlen worden war. Blue Belle schien darauf aufgepasst zu haben.

Wie der Blitz durchquerte sie die Südstadt und stand bald vor ihrem Wohnhaus.

Sie stellte ihr Fahrrad ab und ging ins Haus. Dort saß ihre Mutter am Küchentisch vor ihrem üblichen Kaffee und schmökerte in der Tageszeitung. „Ah, da bist du ja schon wieder mein Schatz."

Ria schaute verwundert, als sie auf das Datum der Zeitung blickte. Es war immer noch der gleiche Tag, nur einige Stunden später.

„Ist denn heute noch immer Samstag," fragte sie deshalb ihre Mutter.

„Ja, was soll denn sonst für ein Tag sein. Du bist doch gerade erst vor ein paar Stunden gegangen. Wo ist denn Amos?"

„Der ist schon nach Hause gefahren. Er musste einiges verdauen."

„Hattet ihr denn Streit?" Ihre Mutter schaute sie erstaunt an.

„Nein Streit nicht, aber wir haben einiges miteinander erlebt. Ich würde es dir gerne erzählen, falls du Zeit hast. Aber ich denke, es klingt ziemlich verrückt."

„Ich bin ganz Ohr mein Schatz. So schlimm kann es schon nicht sein." Ihre Mutter lächelte.

Ria schaute etwas irritiert und dachte bei sich, warte nur, bis ich dir die Geschichte erzählt habe. Sie holte sich eine Cola aus dem Kühlschrank und überlegte, wie sie anfangen sollte. Dann legte sie los und erzählte von ihren Erlebnissen im Seelenlabyrinth und wie sie die Seele ihres Vaters dort gefunden und in den Regenbogenraum geführt hatte und auch, was er ihr über Frau Sontheimer erzählt hatte.

Ihre Mutter schaute immer ungläubiger drein und irgendwann blieb ihr fast der Mund offen stehen vor lauter Staunen. „Ich glaube dir kein Wort meine liebe Tochter. Dein Vater war zwar ein sehr liebenswerter Mensch, der niemandem Schaden zufügen konnte, aber dass er so wenig nachtragend ist, wundert mich doch. Seelenlabyrinth. Das hast du dir bestimmt ausgedacht, weil du ihn genauso vermisst, wie ich ihn vermisse."

„Nein Mama, es ist wirklich wahr. Frag Amos, der war ja mit dabei und kann dir alles bestätigen, was ich dir hier erzähle. Aber ich habe schon vermutet, dass du mir das nicht glauben wirst."

„Das werde ich tun, wenn Amos wieder einmal vorbeikommt. Aber jetzt lass mich weiterlesen. Das hat mich doch ziemlich aufgewühlt. Seelenlabyrinth, Drachodil und eine Seelenwächterin, die aussieht wie eine Koboldkatze und Falten zwischen den Ohren hat. Das würde alles über den Haufen werfen, was die Christen so glauben."

105

Enttäuscht über das Verhalten ihrer Mutter verzog sich Ria in ihr Zimmer.

Am Sonntag sprachen Mutter und Tochter nur das Nötigste miteinander. Am Montag ging Ria wie gewohnt morgens aus dem Haus und zur Schule. Dort traf sie Amos in der großen Pause und erzählte ihm, wie ihre Mutter reagiert hatte.

„Kannst Du nicht nach der Schule mit zu mir heimkommen Amos und meiner Mutter erzählen, was wir zusammen im Seelenlabyrinth erlebt haben? Vielleicht glaubt sie mir dann endlich."

„Welches Seelenlabyrinth?" fragte Amos. Ria blinzelte in ungläubig an. „Hast du wirklich alles vergessen, was wir zusammen erlebt haben?"

„Wir sind mit den Fahrrädern spazieren gefahren, sonst weiß ich nichts mehr."

Ria war sprachlos. Sie konnte sich also auch auf ihren Freund nicht mehr verlassen. Wobei sie immer mehr spürte, dass er eigentlich nicht zu ihr passte. Sie würde diese Freundschaft langsam auslaufen lassen.

In den letzten Tagen war ihr aufgefallen, dass sie leichte Farbschattierungen um die Menschen herum wahrnahm. War das möglich? Konnte sie plötzlich die Seelenfarben der Menschen sehen? Sie beschloss vermehrt darauf zu achten und machte sich nachdenklich wieder auf den Weg in ihr Klassenzimmer. Die Lehrerin rügte sie ein paar Mal, weil sie absolut nicht bei der Sache war. Ria war froh, als der heutige Schultag endlich zu Ende war und sie nach Hause radeln konnte.

Auf dem Weg nach Hause sah sie auf der Grünfläche vor ihrem Haus Frau Sontheimer stehen. Sie war auf dem Weg, ihren kleinen Hund spazieren zu führen und grüßte Ria freundlich. Ria schluckte. War es möglich, dass diese nette Frau ihren Vater totgefahren hatte? Sie konnte schlecht zur Polizei gehen und diese bitten, den Wagen von Frau Sontheimer zu untersuchen.

Als Frau Sontheimer mit ihrem Hund um die Ecke verschwunden war, ging Ria zur Garagenauffahrt der Nachbarin und untersuchte den roten Wagen, der dort stand. In der Tat waren auf der vorderen Stoßstange einige tiefe Kratzer zu sehen und ein Vorderlicht hatte einen langen Riss. Was konnte sie nur tun, um das polizeilich klären zu lassen? Ihr Vater war sich so sicher gewesen, dass hinter seinem Tod diese Frau steckte. Sie hatte ihn einfach liegen lassen und war weitergefahren. Vielleicht hätte er sonst gar nicht sterben müssen, wenn er rechtzeitig Hilfe bekommen hätte.

Nach einer weiteren Nacht, in der sie recht wenig geschlafen hatte, beschloss sie, anonym bei der Polizei anzurufen. Als ihre Mutter zum Einkaufen gegangen war, hängte sie sich ans Telefon und wählte die Notrufnummer. „Hallo, ist da die Polizei? Ich möchte gerne eine anonyme Zeugenaussage machen. Können Sie mich bitte weiterverbinden?"

„Um was geht es denn?" Die nette junge Dame am anderen Ende der Leitung war sich unsicher, wie sie mit der Anruferin verfahren sollte. Doch da sie auch Angst hatte, etwas nicht weiterzugeben, verband sie Ria zu einem Polizeibeamten. Er hieß Herr Mayer mit ay.

„Mayer hier," meldete er sich am Telefon. „Mit wem spreche ich bitte?"

„Ich möchte meinen Namen nicht sagen, aber ich habe gesehen, dass am 09. Mai dieses Jahres, in der Schuhmannstraße ein rotes Auto einen Mann angefahren hat. Es war früh am Morgen, so um 7 Uhr. Die Frau habe ich erkannt. Sie heißt Elfriede Sontheimer und wohnt, soweit ich weiß, in der Kastanienallee Nummer sieben. Ich habe sie dort jedenfalls schon öfters mit einem kleinen Hund gesehen. Gehen Sie diesem Vorfall nach?"

Herr Mayer nickte, doch dann bemerkte er, dass ihn die Anruferin ja gar nicht sehen konnte. „Wir müssen jedem Anruf nachgehen, der solche schwerwiegenden Beschuldigungen beinhaltet. Auch wenn sie anonym angerufen haben. Vielleicht überlegen sie es sich doch noch und geben ihre Aussage schriftlich zu Protokoll. Das würde uns sehr helfen."

„Leider kann ich das momentan nicht. Aber wenn bei den Untersuchungen etwas herauskommt, dann wird die Familie des Opfers dies bestimmt erfahren, oder?"

„Natürlich werden wir dann die Familie des Opfers benachrichtigen und in der Zeitung wird natürlich auch darüber berichtet werden, falls der Fall gelöst wird."

„Gut, dann bin ich zufrieden. Vielen Dank Herr Mayer. Die Familie wäre sicher sehr glücklich darüber. Auf Wiederhören."

Froh gestimmt holte sie ihr Buch aus ihrem Zimmer, setzte sich hinten in den Garten und begann zu lesen. Als ihre Mutter vom Einkaufen nach Hause kam, hatte sie immer noch ein frohes Lächeln auf den Lippen.

„Wieso bist du denn so gut drauf? Hast du inzwischen begriffen, dass es so etwas wie ein Seelenlabyrinth nicht gibt?"

„Ganz im Gegenteil Mama. Ich habe der Polizei ein paar Anhaltspunkte gegeben und hoffe, dass sie Frau Sontheimers Wagen untersuchen werden. Herr Mayer hat mir bestätigt, dass sie dies tun werden."

„Du bist doch nicht ganz normal. Du kannst doch nicht eine unbescholtene Frau wegen eines Verbrechens beschuldigen. So habe ich dich nicht erzogen." Wütend knallte sie den gekauften Salat in den Kühlschrank.

„Du hast mich dazu erzogen, ehrlich und hilfsbereit zu sein und dazu gehört auch, ein Verbrechen aufklären zu helfen, wenn ich etwas dazu beizutragen habe." Beleidigt drehte sich Ria von ihrer Mutter weg und ging hinauf in ihr Zimmer. Dort schloss sie sich ein und die Tränen liefen ihr die Wangen herunter. Sie war unglaublich enttäuscht von ihrer Mutter. Warum glaube sie ihr denn nicht. Hatte sie sie jemals belogen? Sie hatte sich doch immer Mühe gegeben, ihre Eltern nie zu enttäuschen und nun wollte sie eben ihren Vater nicht enttäuschen. Das war doch kein Verbrechen. Im Gegenteil, sie wollte ein Verbrechen aufklären.

Weinen erschöpfte und irgendwann schlief sie ein. Plötzlich hörte sie Blue Belles Stimme in ihrem Kopf. „Mach dir keine Sorgen Ria. Es wird alles geklärt werden. Auf die eine oder andere Art und Weise."

Die Wahrheit

Die Woche verlief im gewohnten Trott. Zu Hause redeten Ria und ihre Mutter recht wenig miteinander. Deshalb verzog sich das Mädchen meistens gleich nach dem Essen auf ihr Zimmer.

Immer wieder schaute Ria nachmittags aus dem Fenster, ob die Polizei endlich das rote Auto untersuchte. Doch nichts geschah. Vielleicht sollte sie doch zu der Nachbarin hinüber gehen und sie direkt zur Rede stellen. Dann könnte sie gestehen und ihr Gewissen erleichtern, falls sie es wirklich gewesen war. Doch wie sollte sie ihr erklären, dass sie das von ihrem verstorbenen Vater persönlich wusste.

Ria getraute sich nicht zu ihrer Nachbarin hinüberzugehen und so verging einige Zeit, in der nichts passierte.

An einem Samstagnachmittag klingelte es an der Haustür. Ria war in ihrem Zimmer und hörte, wie ihre Mutter die Haustür öffnete und Frau Sontheimer begrüßte, die mit Kuchen vor der Tür stand.

„Guten Tag Frau Sontheimer, das ist aber nett, dass sie uns besuchen. Kommen sie doch herein und setzen sie sich." Rosalinde bot ihr einen Stuhl in der Küche an. „Ich habe gerade Kaffee gekocht. Ein Stück Kuchen dazu ist immer gut. Sie werkelte herum, deckte den Tisch, stellte den Kuchen dazu und schenkte Frau Sontheimer ein. „Bitte nehmen sie doch Milch und Zucker."

„Danke Frau Seeberger. Es ist mir sehr unangenehm hier hereinzuplatzen. Doch ich trage eine schwere Last auf meinem Herzen. Eigentlich habe ich keinen Hunger, es sollte einfach nur eine nette Geste sein, Kuchen mitzubringen. Aber die Sache ist viel zu furchtbar. Nichts kann aufwiegen, was ich getan habe." Frau Sontheimer begann zu weinen.

Rosalinde stand auf und nahm die weinende Frau in den Arm. „Was ist denn nur los mit ihnen Frau Sontheimer?"

Ria war inzwischen die Treppe hinuntergeschlichen und beobachtete die Szene von der Treppe aus. Dabei fiel ihr auf, dass die Aura von Frau Sontheimer komplett schwarz war, während ihre Mutter von einem Schein aus grün und blau umgeben war. Gierig saugte das schwarz an der grünen Heilenergie.

„Nun sagen sie schon, was los ist Frau Sontheimer," hakte Rosalinde nach.

„Seit Wochen plagen mich extreme Schuldgefühle. Ich habe etwas schreckliches getan und das betrifft leider ihren Mann Frau Seeberger."

„Wieso meinen Mann?" Rosalinde konnte nicht ganz folgen. „Mein Mann ist tot. Wie könnte ihre Befindlichkeit mit meinem Mann zusammenhängen?" Doch langsam dämmert ihr, was diese Frau ihr zu sagen versuchte. Noch war sie allerdings zu geschockt, um selbst etwas zu sagen.

„Ich war an diesem Morgen schon spät dran und musste zur Arbeit, weil wir ein wichtiges Kundenmeeting hatten. Ich fuhr also zu schnell und sah ihren Mann nicht, als er zwischen zwei geparkten Autos auf die Straße trat, um diese zu überqueren. Ich hörte nur den Aufprall, als ich ihn erfasste. Ich war vollkommen in Schockstarre und habe zuerst gar nicht begriffen, was da passiert ist. Dann fuhr ich einfach weiter, ohne mich zu vergewissern, was ihm passiert ist. Im Kundenmeeting musste ich eine neue Kampagne präsentieren und war vollkommen abgelenkt. Als ich danach wieder an den Vorfall dachte bat ich meinen Vorgesetzten sofort darum, nach Hause gehen zu dürfen. Auf dem Heimweg hielt ich an der Unfallstelle und sah, dass die Polizei weiße Umrisse auf die Straße aufgezeichnet hatte. Also war er gefunden worden. Ich redete mir ein, dass er sicher gefunden und versorgt worden war. Doch einen Tag später las ich in der Zeitung vom Tod ihres Mannes und der Fahrerflucht. Ich war vollkommen verzweifelt und wusste überhaupt nicht, wie ich mich verhalten sollte. Fast jeden Tag sehe ich ihre Tochter und weiß insgeheim, dass ich ihr den Vater und ihnen ihren Mann genommen habe. Die Schuldgefühle sind furchtbar. Ich dachte bereits daran mich umzubringen. Doch wäre das sicher auch keine Lösung. Sie werden es mir jetzt vielleicht nicht glauben, aber heute Nacht im Traum hörte ich eine Stimme, die mir sagte, ich solle einfach zu ihnen gehen und es ihnen erzählen, mit allen Konsequenzen."

Frau Sontheimer sackte in sich zusammen und wartete ängstlich auf die Reaktion von Rosalinde. Diese war in eine Art Schockstarre gefallen. In ihrem Hirn ratterte es, man konnte es direkt sehen. Zum einen schien sie ihrer Tochter Unrecht getan zu haben, zum anderen, wie konnte diese Frau es wagen einfach hier aufzutauchen und auf Absolution zu hoffen? Erwartete sie wirklich, dass sie ihr verzeihen würde? Dann begannen die Tränen zu strömen und ihr wurde ihr ganzer Verlust mit aller Kraft bewusst.

Ria, die bis dahin auf dem Treppenabsatz gesessen hatte sprang auf und lief zu ihrer Mutter, die nach wie vor kein Wort herausbrachte. Doch sie nickte ihrer Tochter zu. Deshalb übernahm Ria das Wort.

„Liebe Frau Sontheimer, es mag jetzt wirklich seltsam klingen, aber mein Vater hat ihnen bereits verziehen. Sie müssen keine Schuldgefühle mehr haben. Natürlich kann man nicht entschuldigen, was sie getan haben. Aber es war ein verdammtes Unglück. Mein Vater hat mir gesagt, dass er an diesem Tag ebenfalls nicht aufmerksam genug war, als er die Straße überquerte."

Die verhärmt wirkende Frau blickte Ria ins Gesicht. „Woher willst Du wissen, was Dein Vater dazu sagen würde? Er ist tot. Totgefahren von mir." Frau Sontheimer fing an zu schluchzen.

Ria begann zu erzählen. „Ich weiß, es klingt unglaublich. Es fing an, dass ich nachts von einer blauen Tür träumte. Später lernte ich dann Blue Belle kennen, eine Seelenwächterin, die wie eine blaue Katze aussieht. Sicher hat ihnen dieses Wesen geraten zu uns zu kommen, um ihr Gewissen zu erleichtern. Blue Belle hatte mich auch gerufen, weil mein Vater mir noch etwas sagen wollte. Ich habe lange nach der bauen Tür gesucht und die Seele meines Vaters dann im Seelenlabyrinth gefunden. Er erzählte mir, von dem Unfall, den sie verursacht haben. Deshalb weiß ich das alles. Ich wollte zu Ihnen rüberkommen und sie direkt fragen, doch ich wusste nicht, wie ich Ihnen das alles hätte erklären sollen. Doch so hat Blue Belle einmal wieder geholfen."

Frau Sontheimer schaute ungläubig. „Du hast recht, ich hatte tatsächlich das Gefühl, dass die Stimme zu einer blauen Katze gehört. Das war alles ziemlich verwirrend. Ich werde jetzt jedenfalls zur Polizei gehen und mich freiwillig stellen. Sie erhob sich, nahm zuerst Ria, dann Rosalinde in den Arm. „Auch wenn ich furchtbares getan habe, so war es doch ein Unfall. Ich danke euch, dass ihr mich angehört habt und hoffe, dass ihr mir eines Tages verzeihen könnt. Ihr wisst gar nicht, was mir das bedeuten würde." Dann drehte sie sich um, öffnete die Haustür und ging schnurstracks auf ihr rotes Auto zu.

Ria und Rosalinde sahen sie einsteigen und davonfahren.

„Ob sie jetzt wohl wirklich gleich zur Polizei fährt," fragte Ria.

„Das werden wir sicher erfahren. Du hör mal mein Schatz, es tut mir wirklich sehr leid, dass ich dir nicht geglaubt habe. Aber es klang so unglaublich verrückt, was du da erzählt hast. Und es gibt doch keine blauen Katzen und schon gar keine mit Falten zwischen den Ohren."

Ria grinste. „Du wirst lachen, doch die gibt es. Ich habe die Rasse gegoogelt, nachdem mir Blue Belle gesagt hatte, dass sie einmal eine Devon Rex Katze war. Die sehen tatsächlich aus wie kleine Kobolde."

„Komm, wir essen jetzt den Kuchen von Frau Sontheimer. Dieses ganze Gefühlschaos macht Lust auf Süßes."

Rosalinde und Ria setzten sich an den Esstisch und ließen es sich schmecken.

Ria meinte: „Dieser Kuchen hätte Papa auch geschmeckt. Übrigens hat mir Papa gesagt, dass ich auch gedanklich mit ihm kommunizieren kann. Das ist so eine feinstoffliche Sache. Ich habe das noch nicht so ganz verstanden, aber ich werde es heute Abend versuchen und bei Blue Belle werde ich mich auch gleich bedanken. Übrigens Mama, ich kann seit neuestem die Aura der Menschen sehen. Deine Farben sind grün und blau, aber seit Frau Sontheimer gebeichtet hat, hast du auch wieder einen leichten Rotstich bekommen."

„Und was bedeutet das?"

Es bedeutet, dass Du wieder ein bisschen mehr leben möchtest."

Da ihrer Mama schon wieder Tränen in den Augen standen, wollte Ria dieses Thema nicht mehr weiter vertiefen.

Cedric

Als sie abends dann in ihrem Bett lag, schaffte sie es tatsächlich, ihre Energie in eine Art leichte Trance herunterzufahren und Kontakt mit dem blauen Seelenwesen aufzunehmen.

Blue Belle war sofort da und sie konnte sich bei der Seelenwächterin bedanken.

„Ich danke Dir, du wunderschöne Katze. Musst du eigentlich auf deinem Posten bleiben oder würde dir dein Chef erlauben, wieder ein irdisches Leben anzunehmen?"

Ria meinte wahrzunehmen, wie Blue Belle mit ihren riesengroßen Kulleraugen blinzelte. „Ich fühle mich sehr geschmeichelt liebe Ria, dass du mich als dein Haustier wollen würdest, aber mir gefällt dieser verantwortungsvolle Posten wirklich sehr. Deshalb bevorzuge ich es hierzubleiben. Du kannst allerdings nach wie vor jederzeit Kontakt zu mir aufnehmen. Aber jetzt muss ich gehen. Ach so. Ich wollte dir noch sagen, dass Dracholine Clarissa jetzt bei ihren heißgeliebten Kühen wohnt und auch ein eigenes Wasserbecken bekommen hat. Sie ist sehr glücklich dort. Bis bald Ria. Schlaf gut."

„Du auch," wollte Ria sagen. Doch sie wusste gar nicht, ob Seelen überhaupt Schlaf brauchen.

Jetzt war sie so müde, dass sie auch keine Energie mehr hatte wach zu bleiben. Sie döste zufrieden weg.

Kurz vor dem Aufwachen hörte sie die Stimme ihres Vaters. „Hey mein Schatz, geht es dir gut?"

„Ja Papa, mir geht es sehr gut. Stell dir vor, wir haben mit Frau Sontheimer gesprochen. Sie hat uns alles gestanden. Da hat Blue Belle ein bisschen ihre Finger im Spiel gehabt. Aber Hauptsache ist, dass sie zur Polizei gefahren ist und ein Geständnis abgelegt hat. Jedenfalls wollte sie das sofort tun. Und wir haben ihr auch gesagt, dass du ihr verzeihst. Das hat sie sehr gefreut. Sie war von Schuldgefühlen zerfressen. Jetzt kann sie ihre Strafe annehmen, egal was passiert.

Sie hat die grüne Heilenergie von Mama regelrecht aufgesaugt. Das war echt irre. Ich kann nämlich jetzt Aura Felder sehen."

„Ich bin stolz auf dich. Du wirst sehen, dass du die Aura der anderen Menschen sehen kannst, wird dir noch oft helfen, die richtige Wahl zwischen Freund und Feind zu treffen. Hier ist es übrigens total entspannt. Kein Stress weit und breit. Das gefällt mir sehr gut. Kein Leistungsdruck."

„Dann bis bald Papa und lass es dir gut gehen. Wir denken an Dich."

Der Wecker klingelte und Ria wurde aus dem Schlaf gerissen. Ihr Erdenleben ging weiter und sie würde den Leistungsdruck noch eine Weile ertragen müssen. Seufzend angelte sie nach ihren Klamotten und schleppte sich ins Bad. Blöde Schule. Aber die musste eben sein. Ria hatte sich zwischenzeitlich etwas von Amos distanziert. Seine pinkfarbenen Seelenanteile und die damit verbundene Mädchenhaftigkeit stießen sie immer mehr ab. Außerdem hatte sie bemerkt, dass er immer mit einem Jungen herumhing dem nachgesagt wurde, dass er schwul sei. Bisher hatte sie die Beiden zwar noch nicht inflagranti erwischt, aber Amos hatte vermutlich auch homosexuelle Züge. Sie wollte sich da emotional in nichts verheddern, indem sie ihre Beziehung zu ihm forcierte. Sonst wäre sie nur enttäuscht, wenn er sich tatsächlich mehr zu Männern hingezogen fühlte. Jedem das Seine sagte sie sich.

Sie hatte nun noch zwei Jahre Schule vor sich, die würde sie auch herumbekommen. Außerdem war in der Klasse über ihr ein neuer Junge aufgetaucht. Er war ihr auf dem Schulhof schon aufgefallen. Meistens stand er mit anderen Jungs zusammen. Er sah süß aus mit seinen etwas längeren haselnussbraunen Haaren und den auffallend tiefblauen Augen. Wie er wohl heißen mochte? Aber das würde sie bestimmt noch herausbekommen.

Am nächsten Tag stand er ohne Begleitung allein am Tor und Ria fasste sich ein Herz und sprach ihn an.

„Hey, bist du neu auf der Schule hier?"

„Ja," erwiderte er. „Wir sind erst vor kurzem hierhergezogen. Mein Vater hat eine neue Arbeit angefangen, die ist wohl wesentlich besser bezahlt als seine alte Arbeit."

„Entschuldige, ich habe mich dir noch gar nicht vorgestellt. Mein Name ist Ria und wie heißt du?"

„Mein Name ist Cedric. Freut mich dich kennenzulernen Ria. Magst du mir ein bisschen von der Stadt zeigen nach der Schule?"

Ria war sofort Feuer und Flamme. „Ja klar. Das mache ich gerne. Dann treffen wir uns nach der sechsten Stunde hier am Tor?"

„Ich werde da sein." Cedric grinste. „Tschüss und bis nachher."

Rias Herz klopfte bis zum Hals. Sie hatte sich getraut und jetzt wollte er gleich mit ihr einen Stadtrundgang machen. Wer hätte das gedacht. Die Zeit verrann nur schleppend und die Schulstunden zogen sich dahin. Sie konnte es kaum erwarten bis endlich die Schulglocke klingelte. Sie schnappte ihren Rucksack und rannte hinaus.

Ria war als Erste am Treffpunkt und musste noch etwas warten. Innerlich fühlte sie sich total hippelig und aufgeregt. Wann kam er denn endlich.

Dann sah sie ihn betont langsam und lässig aus dem Schulportal treten und direkt auf sie zugehen. Seine Aura leuchtete knallrot, verwoben mit orange, gelb und etwas braun. Außer der puren Lebensfreude, Elan und Energie hatte er auch etwas Erdendes an sich. Wie ein Fels in der Brandung.

„Hey Ria. Da bin ich. Ich hoffe, du musstest nicht lange warten. Ich wurde noch von meinem Lehrer aufgehalten. Der hat mir noch ein paar neue Bücher mitgegeben."

„Kein Problem Cedric. Auf dich warte ich gerne." Als sie spürte, wie sie rot anlief, wurde ihr bewusst, was sie gerade gesagt hatte. Cedric grinste nur. „Komm lass uns gehen."

Das ließ Ria sich nicht zweimal sagen. Sie legte ihren Rucksack in den Fahrradkorb und schob es neben Cedric her.

„Kennst Du schon die Altstadt? Da gibt es ein paar hübsche Cafés und Restaurants. Magst Du thailändisch?" Cedric nickte.

„Dann komm mit. Es gibt hier einen kleinen thailändischen Imbiss."

Cedric bewunderte die alten Gebäude und die gepflasterten, verkehrsberuhigten Wege in der Altstadt. Ganz besonders, als sie die Marktstraße entlang gingen. Hier waren ganz besonders viele imposante alte Gebäude. Sie stammten alle aus der Zeit der Handelsgesellschaft. Hier hatten die Familien Humpis, Mötteli und Muntprat damals im Jahr 1380 die Handelsgesellschaft gegründet. Deshalb hieß hier auch eine kleine Kneipe „Humpisstube". In diesem imposanten

Gebäude in der Nähe der ortsansässigen Veitsburg, wohnte damals diese reiche Handelsfamilie. Sie handelten mit Gewürzen aus dem Orient, Wein und Öl aus dem Mittelmeerraum, Erzen aus Osteuropa und vielem mehr. Hier gab es sogar die erste Papiermühle nördlich der Alpen. Übrigens trug man hier auch sehr gerne die angesagte italienische Mode. Dies war allerdings nur den reichen Leuten möglich. Wer konnte, schneiderte sich Kopien. Das handgewobene Tuch dazu bezogen sie aus Venedig, mit dem die Händler damals ebenfalls regen Kontakt unterhielten."

„Woher weißt du das denn alles Ria. Das ist sehr interessant und faszinierend."

„Wir haben das in der Schule gelernt. Gehört in dieser Stadt eben zur Allgemeinbildung. Meine Grundschule hieß Möttelinschule. Sie wurde von der Familie Mötteli gegründet. Aber besonders diese Straße hier ist fast so erhalten, wie sie damals war. Siehst du hier die großen Holztore. Das sind die

Eingänge zu den großen Hinterhöfen, wo die Kutschpferde warteten, und versorgt wurden, bis die Geschäfte abgewickelt waren. Man kann diese Energie fast noch fühlen, wenn man sich darauf einlässt, obwohl es schon so lange her ist."

„Du liebst Deine Stadt, habe ich recht? Da wo ich herkomme, nämlich aus dem Ruhrgebiet, gibt es keine so hübschen Kleinstädte. Aber mir gefällt es hier sehr gut."

„Das freut mich Cedric. Schau, gleich da oben, neben dem großen, runden, weißen Turm steht der Thai Imbiss."

Ein kleiner Foodtruck stand neben dem imposanten Turm, der bereits seit 1425 an diesem Ort, unterhalb der Veitsburg stand. Er war einundfünfzig Meter hoch. Der kleine Imbisswagen fiel kaum auf, neben dem hohen Turm.

Cedric studierte bereits die großen Tafeln mit den Menüvorschlägen, die am Imbisswagen angebracht waren.

Eine zierliche Thailänderin fragte ihn, was er denn gerne essen wolle.

„Ich nehme Reis mit gebratener Ente und die rote Currysauce und was magst du Ria?"

Ich nehme das gleiche, nur mit grüner Currysauce. Ich mag es nicht so scharf."

Es dauerte nicht lange und die kleine schlanke Frau übergab ihnen jeweils ihre Teller mit dem gewünschten Essen, welches sie an einen kleinen Bistrotisch mitnahmen.

Schweigend genossen sie ihr Essen. „Das ist voll lecker," meinte Cedric und auch ein ganz besonderer Ort hier. So richtig altertümlich und romantisch. Sag mal, was ist denn das für ein seltsames Haus?"

Er zeigte auf ein altes Gebäude, das sich in eine Ecke duckte. Die Fensterläden sahen halb zerfallen aus und das Haus selbst war auch in keinem sehr guten Zustand.

Ria lachte. „Das ist die Räuberhöhle. Hier gab es einmal eine Gruppe Räuber. Die nannten sich die schwarzen Veri und trieben allerhand Unfug. Der Anführer der schwarzen Veri hieß Xaver

Hohenleitner. Sie waren richtig berühmt und berüchtigt und sollen hier wohl ihr Versteck gehabt haben. Heute treffen sich hier die Kiffer und eher die unterste Gesellschaftsschicht. Also eigentlich hat sich nicht wirklich etwas verändert."

„Das Haus strahlt etwas Düsteres aus. Faszinierend."

Zufrieden schob er seinen leeren Teller von sich weg.

„Es scheint dir geschmeckt zu haben. Mir auch. Thai Essen mag ich sowieso sehr gerne. Das schmeckt immer und ist gesund."

Ria schnappte sich die leeren Teller und brachte sie zum Imbiss zurück. Sie lächelte der Frau zu und ging zurück zum Bistrotisch.

„Willst du noch mehr sehen? Das Städtchen ist klein, aber die Stadtbücherei ist auch noch sehenswert."

„Ich habe nicht mehr viel Zeit heute und außerdem muss ich noch Hausaufgaben erledigen. Aber wir können gerne daran vorbeigehen. Vielleicht brauche ich doch irgendwann neue, unterhaltsame Lektüre."

Ria nickte. Sie stiegen auf ihr Rad und machte sich auf den Heimweg. Cedric musste in die andere Richtung, denn er wohnte in der Weststadt und wollte zum Busbahnhof.

„Tschüss Ria, das war sehr nett. Man sieht sich."

Dein Freund und Helfer

Ria war etwas enttäuscht darüber, dass Cedric schon nach Hause wollte, doch sie hatte ja selbst auch noch Hausaufgaben zu erledigen.

Als sie in die Küche trat, saß dort Herr Mayer von der Polizei und trank mit ihrer Mutter gerade einen Kaffee.

„Hallo Ria," begrüßte sie ihre Mutter. „Schau wer da ist und uns Neuigkeiten mitgebracht hat."

„Grüß Gott Herr Mayer," sagte Ria höflich. Sie wusste schon, welche Neuigkeiten er überbringen wollte. Aber sie stellte sich ahnungslos.

„Was wollen Sie uns denn mitteilen, gibt es Neuigkeiten wegen der Fahrerflucht?"

„In der Tat. Stellen Sie sich vor, ihre Nachbarin Frau Sontheimer, hat die Tat gestanden."

Rosalinde druckste herum. „Ehrlich gesagt wissen wir bereits davon, denn Frau Sontheimer war zuvor bei uns und hat es uns erzählt. Wir haben ihr geraten, sich zu stellen, um ihr Gewissen zu erleichtern. Wird sie mit einer hohen Strafe rechnen müssen?"

Herr Mayer schaute Rosalinde verwundert an. „Na ja, sie hat keine Vorstrafen. Doch immerhin hat sie einen Menschen umgebracht und was noch schlimmer ist, ihn einfach liegenlassen. Ich denke schon, dass sie ins Gefängnis muss. Aber dass sie sich freiwillig gestellt hat, könnte sich strafmildernd auswirken. Vielleicht reicht es für eine Bewährungsstrafe. Aber das muss der Richter entscheiden."

„Wissen Sie Herr Mayer, es ist furchtbar was passiert ist. Aber wir haben der Frau verziehen. Es war ein unglückliches Zusammenspiel von Ereignissen und ich kann es besser verarbeiten, wenn ich es als Unfall einstufe, an dem beide Seiten eine gewisse Mitschuld hatten. Mein Mann war an diesem Vormittag sehr in Eile und vielleicht hat er auch nicht aufgepasst. Jedenfalls wollen wir nicht, dass diese Frau ins Gefängnis muss. Vielleicht können wir bei unserer

Aussage vor Gericht darauf Einfluss nehmen."

Herr Mayer war völlig perplex von dem Gehörten. „Normalerweise hegen die meisten Angehörigen einen heftigen Groll gegen die Verursacher ihres Leids. Ich muss schon sagen, sie haben meinen allergrößten Respekt Frau Seeberger. Ich werde dies in meinem Protokoll vermerken. So, jetzt muss ich aber leider wieder in die Dienststelle. Vielen Dank für den Kaffee."

„Auf Wiedersehen Herr Mayer," sagten Rosalinde und Ria unisono.

In der Haustür stehend drehte sich der Polizist noch einmal um. Er räusperte sich verlegen. „Ich weiß, es ist noch viel zu früh, aber darf ich sie einmal zum Essen ausführen Frau Seeberger?"

Rosalinde fühlte sich geschmeichelt und ihr war bewusst, dass ihr verstorbener Mann nur das Beste für sie gewollt hätte. Auch dass sie wieder glücklich wäre. „Gerne Herr Mayer."

„Ich rufe Sie an Frau Seeberger. Bis bald." Dann schloss er die Tür und Rosalinde sah noch, wie er beschwingt von dannen zog. Ria schmunzelte, denn seine Aura hatte sich etwas rötlicher verfärbt, als ob ihm die Zusage ihrer Mutter etwas mehr Lebensfreude eingehaucht hätte. Dieses Aurasehen war echt spannend.

„So, so Mama, jetzt hast du einen neuen Verehrer. Das finde ich großartig. Papa würde es bestimmt auch freuen."

Rosalinde grinste nur vor sich hin. „Und wie sieht es bei dir aus Ria. Man sieht dich gar nicht mehr mit Amos."

„Kein Kommentar liebe Mama." Doch dann drehte sie sich noch einmal zu ihrer Mutter um, setzte sich an den Tisch und fragte: „Hast du noch etwas von dem leckeren Eis da?"

Rosalinde schaute in der Gefrierschublade nach und stellte die Schachtel Eis vor Ria hin. Den Löffel holte sich Ria selbst.

„Weißt du Mama. Es ist zwar unglaublich spannend die Aura eines Menschen sehen zu können, aber Amos scheint mir eher Gefühle für Jungs zu haben als für Mädchen. Er hat nie versucht mich zu küssen. Zurzeit hängt er immer mit einem Typen ab und seine stark pinkfarbene Aura lässt mich vermuten, dass er eher homosexuelle Neigungen hat. Deshalb dachte ich, dass es besser ist, mich zu distanzieren, bevor ich mir falsche Hoffnungen mache. Wir passen nicht zusammen."

„Du bist ein kluges Mädchen. Da kannst du deine neue Gabe gleich nutzen, um die falschen Männer auszusortieren. Und wie ist die Aura von Herrn Mayer so?"

Jetzt musste Ria lauthals lachen. „Seine Aura ist blau, grün, etwas lila und jetzt hat er auch einen Streifen rot. Eigentlich ähnlich deiner eigenen Aura liebe Mama. Er würde also vermutlich gut zu dir passen. Ich habe schon festgestellt, dass man sich in einer ähnlichfarbenen Aura sehr wohl fühlt. Aber das musst du schon selbst testen."

Bevor ihre Mutter sie noch weiter löchern konnte, verschwand sie in ihr Zimmer. Jetzt war es Zeit für die Hausaufgaben, sonst würde sie die nie mehr hinbekommen.

Doch sie war nicht bei der Sache, sondern musste immer an Cedric denken. Seine wunderschönen kornblumenblauen Augen gingen ihr nicht mehr aus dem Kopf. Gerne hätte sie auch in seinen langen Haaren herumgewuschelt. Seufz. Sie konnte nur hoffen, dass er diese starke Anziehungskraft auch spürte.

Die nächsten Tage waren jedoch enttäuschend. Cedric schien ihr aus dem Weg zu gehen.

Am Freitag nach Schulschluss sah sie ihn endlich. Er kam gerade aus dem Schulportal, als sie sich auf ihr Fahrrad schwingen wollte.

Sie winkte ihm zu. Er winkte zurück und kam zu ihr. „Tut mir leid, dass ich in den letzten Tagen keine Zeit hatte. Ich fürchte, ich muss auch heute gleich nach Hause. Aber wir sehen uns." Dann marschierte er davon.

Ria war vollkommen perplex und verstand die Welt nicht mehr. Sie hatte jedoch bemerkt, dass Cedrics Aura einen dicken schwarzen Streifen bekommen hatte. Irgendetwas musste ihn furchtbar traurig stimmen. Wenn das so weiterging, würde sie ihre fröhlichen Farben wohl auch irgendwann verlieren.

Missmutig kam sie zu Hause an. Ihre Mutter spürte gleich die miese Stimmung. „Was ist dir denn für eine Laus über die Leber gelaufen?"

„Keine, ich habe keinen Hunger." Ria ging direkt in ihr Zimmer. Sie wollte erst einmal allein sein und nicht viel erklären müssen. Was war nur mit Cedric los. Hatte sie irgendetwas falsch gemacht? Sie reflektierte den gemeinsam verbrachten Tag in der Stadt, konnte aber nichts finden. Da sie die Adresse Cedrics nicht kannte, musste sie wohl oder übel bis Montag warten. Vielleicht konnte sie ihn auf seine Traurigkeit ansprechen. Das tat man doch als Freundin, oder war sie überhaupt eine Freundin für ihn. Egal. Sie musste es einfach versuchen, denn er lag ihr sehr am Herzen, auch wenn sie ihn noch gar nicht gut kannte.

Der Freitag schlich sich schleppend dahin. Am Samstag war es auch nicht viel besser. Doch je später es wurde, desto aufgekratzter wirkte ihre Mutter. „Was ist denn mit dir heute los Mama," fragte Ria deshalb.

Rosalinde tanzte durchs Wohnzimmer. „Ich habe heute Abend ein Rendezvous mit Herrn Mayer. Er heißt Georg. Und ich weiß nicht, was ich anziehen soll."

Typisch Frau dachte Ria. „Du bist schön, egal was du anziehst. Wohin geht ihr denn?"

„Wir gehen zu dem teuren Italiener, ich glaube Osteria Venezia heißt die. Soll sehr gut sein. Soll ich das kleine Schwarze anziehen, oder einfach Jeans und T-Shirt?"

„In was fühlst du dich denn wohler? Entweder der mag dich oder eben nicht. Das hat nix mit Klamotten zu tun, oder doch? Vielleicht bin ich da nicht so wie normale Mädchen."

„Da mache ich mir keine Sorgen. Du bist völlig normal. Nur machst du dir halt nichts aus schönen Klamotten und schnick schnack und liebst es bequem. Aber eigentlich hast du vollkommen recht. Ich werde meine schwarzen Jeans mit den goldenen Ziernähten anziehen und meine edle blaue Chiffonbluse. Und irgendwo habe ich auch noch die goldenen Ohrringe mit den Saphiren, die Papa mir einmal geschenkt hat. Die passen super dazu."

„Ja, das sieht bestimmt großartig aus und wenn Herr Mayer, äh Georg, dich mag, dann findet er dich auch super, egal was du anhast." Rosalinde wurde doch tatsächlich rot. Vermutlich dachte sie gerade an eine Szene, an der sie nichts anhaben würde. Sie verschwand in ihrem Schlafzimmer, um sich herzurichten.

Nach einer Weile kam sie frisch gestylt wieder und Ria stieß einen anerkennenden Pfiff aus. „Na den wird es umhauen bei der schönen Frau, die da vor mir steht."

Rosalinde fühlte sich geschmeichelt. „Dann geh ich mal. Drück mir die Daumen."

„Tschüss Mama, viel Spaß mit deinem neuen Verehrer."

Rosalinde schnappte ihre Tasche und ihren Autoschlüssel und verschwand zu ihrem Date, während Ria Trübsal blies.

Warum bekam sie Cedric einfach nicht aus ihrem Kopf? Und warum war er ihr gegenüber so abweisend?

Geheimnisse

Da sie erst spät eingeschlafen war, erwachte sie auch etwas später als sonst. Die Sonnenstrahlen fielen durch ihr Fenster und sie sah die feinen Staubkörner, die in der Luft wirbelten. Sie reckte und streckte sich, schnappte sich ihre Klamotten und ging ins Bad zur Katzenwäsche. Der Hunger trieb sie in die Küche.

Dort saß ihre verschlafen wirkende Mama mit dem üblichen Kaffee vor sich.

„Guten Morgen Mum, na wie war es?"

„Sehr nett. Georg hatte übrigens auch Jeans an. Das Essen war lecker und wir haben ewig gequatscht. Stell dir vor, er ist geschieden und hat einen Sohn, der ist in deinem Alter. Ich werde die Beiden bald zum Essen einladen. Was hältst du davon?"

Ria wollte ihrer Mama eigentlich sagen, dass sie kein Interesse daran hatte, verkuppelt zu werden, aber sie schluckte den Satz hinunter. Stattdessen sagte sie: „Ja großartig, mach nur." Dann widmete sie sich ihrem Frühstück, während Rosalinde von Georg schwärmte. Das konnte heiter werden. Eine verliebte Mutter, die wie ein Teenager schwärmte. Zum Glück war morgen Montag und wieder Schule.

Der Tag ging auch vorüber und war eigentlich noch ganz lustig. Ihre Mutter blühte sichtlich auf, das sah man auch an dem knalligen Rot in ihrer Aura. Ria gönnte es ihr, denn an ihrer Trauer war sie anfangs fast zerbrochen. Jetzt war es Zeit, dass sie wieder etwas Glück empfinden konnte.

Als Ria am Montagmorgen in die Schule radelte, hatte sie sich fest vorgenommen, Cedric auf seine Traurigkeit anzusprechen. Nach der sechsten Stunde wartete sie deshalb im Eingangsbereich des riesigen Schulgebäudes. Er musste hier vorbeikommen, wenn er hinauswollte. Tatsächlich kam er kurze Zeit später die breite Treppe herunter.

Ria tat, als ob sie gerade zufällig da war. „Hey Cedric, darf ich dich ein Stück begleiten?"

Der junge Mann nickte. „Klar, aber ich habe es eilig. Ich muss zum Bus."

„Dann begleite ich dich bis zum Busbahnhof." Da Cedric nichts mehr sagte, holte sie schnell ihr Rad und schob es neben ihm her. Sie wusste nicht so recht, wie sie anfangen sollte, denn sie wollte ihn auf keinen Fall verärgern. Doch dann begann sie einfach zu reden.

„Ähm, ich weiß nicht ob ich das sagen darf, aber mir ist aufgefallen, dass du so traurig wirkst. Magst Du mir erzählen, was dich bedrückt?"

Cedric blieb abrupt stehen und drehte sich zu ihr um. Er schien zu überlegen, ob er sich ihr anvertrauen sollte. Dann seufzte er und sagte: „Ich habe es bisher niemandem erzählt. Aber dir vertraue ich vollkommen. Meine Mama wurde brutal überfallen und niedergeschlagen. Seither liegt sie im Koma, hier im städtischen Krankenhaus. Da ich noch einen kleinen

146

Bruder habe, muss ich dringend nach Hause. Er ist erst zwölf und braucht noch ein bisschen Aufsicht."

Ria schluckte schwer. „Das ist ja furchtbar. Es tut mir so leid. Wenn Du einmal etwas mehr Zeit hast, dann möchte ich dir gerne etwas erzählen. Ich habe nämlich vor einigen Monaten meinen Vater verloren. Er starb durch einen Verkehrsunfall mit Fahrerflucht."

Oh Ria, das tut mir so leid für dich. Es ist wahrscheinlich kein Zufall, dass wir uns begegnet sind. Abgesehen davon, dass ich dich sehr mag." Er blickte ihr tief in ihre olivgrünen Augen und gab ihr einen Kuss auf die Stirn. Leider waren sie bereits am Busbahnhof angekommen und der Bus wartete bereits. „Tut mir leid, ich muss los. Wir sehen uns und dann reden wir weiter. Bis bald." Er lächelte sie traurig an.

„Bis bald Cedric."

Sie blieb noch stehen, bis er in den Bus eingestiegen war, dann schwang sie sich auf ihr Rad und schlug den

147

Nachhauseweg ein. In ihrem Kopf ratterte es. Das war so furchtbar. Jetzt erst fiel ihr auf, dass sie gar nicht nach seinem Vater gefragt hatte. Aber da Cedric auf seinen kleinen Bruder aufpassen musste, war der wohl auch nicht präsent. Sie würde es sicher erfahren.

Rosalinde hatte bereits das Essen auf dem Tisch stehen, als Ria zur Tür hereinkam.

„Hey du bist spät dran, wo warst du denn?"

„Ich habe noch einen Schulkameraden zum Busbahnhof gebracht. Er wirkte so traurig und er hat mir erzählt, dass seine Mutter im Koma liegt. Das hat mich an meinen eigenen Verlust erinnert und ich wollte ihm beistehen."

„Das war sehr nett von dir Ria. Es passieren schlimme Sachen. Ich glaube ich habe davon gelesen. War das die Frau, die brutal überfallen und niedergeschlagen worden ist?"

„Ja sowas hat er erzählt. Aber mehr weiß ich noch nicht. Er musste dringend nach

Hause, um seinen kleinen Bruder zu versorgen."

„Man fragt sich, warum die Welt so schlecht geworden ist. Man hört immer mehr von Gewaltverbrechen. Früher war das Städtchen ruhig und man konnte auch nachts ohne Angst irgendwohin gehen. Aber die Zeiten scheinen vorbei zu sein." Ria grinste. „Na, du hast ja jetzt deinen Polizisten an der Angel. Der wird schon gut auf dich aufpassen."

Rosalinde warf den Kochlöffel nach ihr und grinste. „Hoffentlich. Georg und sein Sohn kommen übrigens am Samstagabend zum Essen. Also sei anständig und benimm dich."

Ria nickte und schaufelte den Süßkartoffel- Rindfleisch-Gulasch in sich hinein. Dann verschwand sie in ihrem Zimmer, um Hausaufgaben zu machen.

In den nächsten Tagen begleitete Ria Cedric nach der Schule an den Busbahnhof und erfuhr immer mehr Details. Auch, dass sein Vater die Familie bereits vor vielen Jahren verlassen hatte.

Er lebte mit seiner neuen Frau im Ausland und kümmerte sich nicht um Cedric und dessen Bruder Leander. Cedric hatte nicht einmal eine genaue Adresse von ihm und konnte ihm deshalb nichts von dem Unglück berichten. Somit war er allein auf sich gestellt.

Ria hatte furchtbar Mitleid mit ihm. Aber das mochte Cedric nicht. Er hatte ihr sogar verboten sich mitleidig zu zeigen.

Wochenende

Das Wochenende stand vor der Tür und somit auch das Abendessen mit Georg und dessen Sohn Wolfgang. Ria freute sich zwar für ihre Mutter, aber es grauste sie vor diesem Abend. Die Erwachsenen würden wahrscheinlich nur miteinander säuseln und sie konnte sich um den Sohn kümmern. Ätzend. Na ja, Augen zu und durch, dachte sie.

Als es um neunzehn Uhr abends an der Haustür klingelte, öffnete sie den Gästen, begrüßte sie herzlich und führte sie in die geräumige Küche, wo Rosalinde bereits den Tisch schön eingedeckt hatte. Das blaue Porzellan stand bereit und dazu passende Servietten, die kunstvoll arrangiert worden waren.

„Das duftet köstlich," sagte Georg. „Vielen Dank für die Einladung. Darf ich euch meinen Sohn Wolfgang vorstellen?" Wolfgang, der bis dahin noch keinen Mucks von sich gegeben hatte stotterte. „Danke für die Einladung."

Ria musterte ihn von oben bis unten, was Wolfgang sichtlich unangenehm war. Dabei fiel ihr seine vorwiegend rot mit schwarzen Punkten gefärbte Aura auf. Innerlich musste sie lachen. Das sah aus wie ein Marienkäfer.

Der Junge war etwas untersetzt und mollig, hatte langweilige braune Augen, kurze Haare und eine Brille auf der Nase. Also kein Typ, auf den die Mädels flogen und auch keine Konkurrenz für Cedric.

„Freut uns auch dich kennenzulernen," schwindelte Ria. Das konnte heiter werden den ganzen Abend mit solch einem Langweiler zu verbringen. Aber es würde auch vorbeigehen.

Auf jeden Fall freute sie sich für ihre Mutter, die inzwischen in ihrer roten Aura richtig leuchtete und auch Georg erstrahlte in einer Mischung aus rosa und rot. Also war er tatsächlich schwer verliebt und die körperliche Anziehungskraft war wohl auch enorm.

„Setzt euch doch," sagte ihre Mutter, die eine unterschwellige Anspannung verspürte. Alle nahmen brav Platz und Rosalinde versorgte sie mit dicken Scheiben ihres Rinderbratens, selbstgemachten Spätzle, Rotweinsauce und Kartoffelsalat.

Gefräßige Stille herrschte und die Schüsseln leerten sich.

„In welcher Klasse bist du denn Ria," ergriff Georg das Wort.

„In der elften. Ich habe noch zwei Jahre vor mir."

„Ach das geht schnell vorbei. Wolfgang hat da noch ein bisschen länger. Aber er will in die IT-Branche. Nicht so ein langweiliger Polizist werden wie ich. Stimmts Sohn?" Der nickte nur und schwieg. Entweder war er tatsächlich so schüchtern oder ein Nerd.

„Apropos Polizist. Ein Schulkamerad hat mir von seiner Mutter erzählt. Sie wurde wohl überfallen und niedergeschlagen. Weißt du mehr darüber?"

„Ich darf über laufende Ermittlungen leider nichts erzählen, doch es war ein männlicher Täter. Er konnte fliehen, aber es gibt ein recht gutes Phantombild."

„Könntest du mir das bitte auf mein Handy schicken. Ich würde es dem Schulkameraden gerne zeigen. Irgendwie habe ich das Bedürfnis das zu tun. Warum auch immer"

„Bedürfnissen sollte man nachkommen. Gib mir bitte deine Handynummer." Sie diktierte ihm die Zahlen und Schwupps war das Bild da.

Vielen Dank. Ich werde es Cedric zeigen. Vielleicht kann er etwas damit anfangen und kennt den Mann.

Rosalinde fragte in die Runde: „Mag jemand noch einen Nachtisch oder vielleicht einen Espresso? Alle nickten und so wurden die individuellen Wünsche gleich erfüllt.

Während Rosalinde und Georg noch ein Verdauungsschnäpschen zu sich nahmen, entführte Ria Wolfgang ins Wohnzimmer. Sie wollte den Erwachsenen ein bisschen Zeit zum Flirten verschaffen, auch wenn das bedeutete, dass sie sich mit dem langweiligen Wolfgang herumschlagen musste.

„Komm Wolfgang, wir haben eine Spielekonsole mit Super Mario. Ist zwar schon älter, aber immer noch lustig.“

Das Gesicht des Jungen hellte sich sichtlich auf. „Cool, dann wird der Abend ja doch nicht so langweilig wie ich mir das vorgestellt habe.“

„Ging mir ähnlich,“ sagte Ria und das Eis war gebrochen. Sie schaltete das Spiel ein und sie zockten um die Wette. Irgendwann stand Georg im Türrahmen.

„Ihr amüsiert euch ja super. Aber leider muss ich Wolfgang jetzt nach Hause entführen.“

Der meckerte natürlich, fügte sich aber in sein Schicksal und zog seine Jacke an.

Die beiden Männer bedankten sich nochmal. Rosalinde bekam einen dicken Kuss auf den Mund und errötete. Das fand Ria ziemlich süß und sie musste schmunzeln.

„Tschüss ihr Lieben. Bis bald.“

Ria musterte ihre Mutter von der Seite. Diese räumte, mit verklärter Miene, den Tisch ab.

„War doch gar nicht so schlimm, oder?"

„Na ja, Wolfgang ist jetzt nicht gerade mein Fall. Aber ich muss ihn ja nicht heiraten. Außerdem finde ich Cedric, meinen Schulfreund, viel süßer."

Rosalinde horchte auf. „Aha, da ist wohl jemand auch verliebt."

Ria lächelte nur sagte: „Gute Nacht Mama." Und verkrümelte sich in ihr Zimmer.

Am Sonntag schlief sie lange aus und kam erst zum Mittagessen in die Küche.

„Na, hast du auch schon ausgeschlafen?"

„Nicht wirklich, aber ich habe Hunger. Was gibt es denn?"

„Reste von gestern und einen Salat. Lass es dir schmecken." Rosalinde stellte alles auf den Tisch und beide vertieften sich ins Essen.

„Du kannst diesen Cedric gerne auch einmal mitbringen. Ich würde ihn sehr gerne kennenlernen. Sein kleiner Bruder kann auch mitkommen. Dann koche ich den Beiden eine richtige Mahlzeit. So ohne Mutter ist es sicher nicht einfach."

„Ich werde Cedric fragen. Vielleicht am Wochenende. Aber stell bitte keine peinlichen Fragen."

„Ich werde mich bemühen," lachte Rosalinde. Sie erinnerte sich gerade an ihre eigene Mutter, die leider ebenfalls schon verstorben war. „Das erinnert mich gerade an Oma. So etwas ähnliches habe ich einmal zu ihr gesagt. Damals als ich Martin kennengelernt hatte. Aber du siehst, er hat sich von ihr nicht vertreiben lassen. Aber alles wiederholt sich." Ihre Augen wurden ein bisschen feucht, als sie an ihren Mann und ihre Mutter dachte. „Was wohl Oma für eine Aura hätte?"

Ria lachte. „Bestimmt ein ganz giftiges grün mit gelb, rot, lila und blau. Vielleicht ist sie auch bei Papa im Regenbogenzimmer. Bemerkbar gemacht hat sie sich jedenfalls nicht, als ich da war."

„Es ist verrückt wie sich im Leben alles zu wiederholen scheint. Je nach Lebensalter. Aber im Moment fühle ich mich tatsächlich wieder taufrisch wie ein Teenager. Georg ist sehr nett."

„Da bin ich sehr froh Mama. Du sollst nicht allein bleiben und ich finde den auch sehr nett und an Wolfgang werde ich mich schon noch gewöhnen."

„Bestimmt," lachte ihre Mutter.

Cedrics Geheimnis

Auch dieser Sonntag nahm ein Ende und Ria freute sich direkt auf die Schule und natürlich auf Cedric. Doch diese Woche schien er nicht in die Schule zu kommen. Was war nur los bei ihm zu Hause. Ob sie seine Lehrerin fragen konnte?

Sie fasste sich ein Herz und passte Cedrics Deutschlehrerin ab. „Frau Bischof, wissen sie zufällig, warum Cedric diese Woche nicht in die Schule kommt?"

„Soweit ich weiß, ist sein kleiner Bruder krank und die Mama wohl auch," erwiderte Frau Bischof.

„Wissen sie denn auch seine Adresse? Ich würde ihn sehr gerne zu uns zum Essen einladen."

„Nein, die weiß ich leider nicht. Aber geh doch mal ins Sekretariat. Ich werde der Dame am Tresen Bescheid geben, damit sie dir seine Adresse gibt."

„Vielen Dank Frau Bischof, das ist sehr nett von ihnen."

„Keine Ursache. Nun muss ich allerdings weiter." Sie drehte sich um und marschierte zackig ins Lehrerzimmer.

Kurz vor Mittag, in der kleinen Pause, ging Ria zum Sekretariat. Hallo Frau Immel, Frau Bischof hat gesagt, dass sie mir Cedric Coballas Adresse geben können.

Die Sekretärin suchte in ihrem Computer und schrieb die Adresse auf einen Zettel, den sie Ria weiterreichte. „Hier ist sie."

„Danke Frau Immel," bedankte sich Ria artig.

Juhu, endlich hatte sie Cedrics Adresse. Was er wohl sagen würde, wenn sie einfach so vor seiner Tür stand?

Sie beschloss zunächst nach Hause zu radeln und sich zu stärken.

Nach dem Mittagessen radelte sie in die Weststadt. Es ging steil den Berg hinauf und sie war deshalb ziemlich außer Atem als sie vor Cedrics Tür stand.

Ihr Herz klopfte wie wild. Dann atmete sie tief durch und drückte auf den Klingelknopf. Dieser Klingelton war nicht zu überhören und bald vernahm sie Schritte. Die Tür öffnete sich und ein verdutzter Cedric machte die Tür auf.

„Was machst du denn hier?" Die Begrüßung hatte sie sich etwas freundlicher erhofft. Deshalb kam sie etwas ins Stottern.

„Äh, ich wollte eigentlich nur nach dir sehen, weil du nicht in die Schule gekommen bist. Ist irgendetwas passiert? Kann ich dir helfen?"

Cedric hatte bemerkt, dass er etwas unwirsch reagiert hatte, und in einem deutlich netteren Ton bat er Ria herein.

„Komm rein. Nein, mein Bruder ist krank und kann selbst auch nicht zur Schule. Ich kann ihn nicht allein lassen, sonst stellt er nur Blödsinn an. Woher hast du denn meine Adresse?"

„Von der Schulsekretärin. Ich habe gesagt, es ist ein Notfall."

Sie schlüpfte durch die aufgehaltene Tür und ging hinter Cedric her in ein geräumiges Wohnzimmer.

„Möchtest Du eine Coke?" Ria bat um ein Glas Wasser. Ich mag meinem Körper keinen Zucker zumuten, deshalb trinke ich kein Cola.

Ihr Wunsch wurde sofort erfüllt.

Ich wollte dir auch noch etwas zeigen. Meine Mutter ist frisch verliebt, und zwar in den Polizisten, der die Unfallflucht und den Tod meines Vaters aufgeklärt hat. Er bearbeitet wohl auch den Fall deiner Mutter und weil er am Wochenende bei uns zum Essen eingeladen war, habe ich nachgefragt, ob es neue Erkenntnisse gibt. Er hat mir ein Phantombild des Täters aufs Handy geschickt. Irgendwie habe ich das Bedürfnis, dir das zu zeigen. Guck mal."

Sie zeigte ihm das Bild. Cedric zuckte zusammen. „Den kenn ich tatsächlich. Mir fällt nur nicht ein woher." Er zermarterte sich den Kopf, aber es wollte ihm nicht einfallen.

Ria meinte, dass es ihm sicher irgendwann wieder einfallen würde.

Als sie so zusammen auf der Couch saßen spürten beide eine innige Vertrautheit. „Du wolltest mir noch etwas über deinen Vater erzählen. Du sagtest, dass er gestorben ist."

Ria kuschelte sich an ihn und erzählte ihm ihre Geschichte. Da er so mucksmäuschenstill zuhörte, beschloss sie ihm auch das Geheimnis des Seelenlabyrinths zu erzählen und dass sie seither die Aura der Menschen sehen konnte. Nachdem sie zu Ende erzählt hatte befürchtete sie, dass Cedric sie nun als Spinnerin abtun würde. Doch das Gegenteil war der Fall.

„Das ist ja krass."

„Was findest Du daran krass?"

„Eigentlich alles." Cedric schaute sie ganz aufgeregt an.

„Seit meine Mutter im Koma liegt, frage ich mich, ob sie denn je wieder aufwachen wird. Ich habe viel über das Thema gelesen und da bin ich auf einen Artikel gestoßen, dass man anhand der Aura sehen kann, ob ein Mensch wieder

163

erwacht. Jetzt lerne ich dich kennen und du kannst Auren sehen. Das ist doch unglaublich und sicher kein Zufall."

Ria wurde nachdenklich. „Ja, das ist sicher kein Zufall. Ob da Blue Belle dahintersteckt? Dieses Wesen scheint nämlich in ziemlich vielen Dingen ihre Finger im Spiel zu haben."

Cedric meinte: „Schade, dass ich dieses Seelenwesen nicht kennenlernen kann. Sie würde mir bestimmt gefallen. Wenn mein Bruder wieder gesund ist, könnten wir doch zu meiner Mutter ins Krankenhaus fahren und du könntest dir ihre Aura ansehen.

„Das mache ich sehr gerne. Wie wäre es denn am Samstag. Meine Mutter würde euch mittags etwas Gutes kochen. Dann kann dein Bruder so lange bei ihr bleiben und wir gehen ins Krankenhaus zu deiner Mutter?"

„Das wäre wirklich genial."

„Meine Mutter hat mir etwas zu essen für euch mitgegeben." Sie packte einige Plastikbehälter aus. Das musst du nur noch warm machen. Dann hast du es einfacher."

„Deine Mutter ist ein Schatz. Sag ihr vielen Dank. Gibst du mir bitte noch deine Adresse?"

Ria schrieb ihre Adresse auf einen Zettel, dazu ihre Handynummer. „Wenn du reden willst, dann ruf an oder schreib eine WhatsApp. Für was gibt es Handys denn sonst."

Er grinste und nickte.

„Bis bald Ria. Vielen Dank für alles."

Ria stieg auf ihr Fahrrad und radelte nach Hause. Da sie vor sich hin grübelte, wäre sie beinah über einen zu hohen Randstein gestürzt. Sie konnte sich gerade noch abfangen.

Zu Hause, später in ihrem Bett grübelte sie weiter. Irgendwann schlief sie ein. Plötzlich hörte sie Blue Belles Stimme in ihrem Kopf.

„Hey Ria, ich hoffe es geht dir gut. Dein Papa lässt grüßen. Deine Oma ist tatsächlich hier, aber sie hat sich das spezielle giftgrüne Zimmer ausgesucht.

Manchmal ist sie etwas streitsüchtig. Aber das sind dort alle und deshalb kann sie sich austoben."

Im Tiefschlaf fragte Ria: „Blue Belle, wie sieht denn die Aura einer im Koma liegenden Frau aus? Ich habe Angst, dass ich nicht erkenne, wie es ihr wirklich geht."

„Ria ich bin öfters bei dir als du denkst. Und es ist tatsächlich kein Zufall, dass dir Cedric mit seiner Geschichte über den Weg gelaufen ist. Cedrics Mutter wird bald aufwachen. Du wirst sehen, dass sie bereits wieder Farben in ihrer Aura zeigt. Doch sie scheint immer noch in Gefahr zu sein. Cedric soll die alten Fotoalben anschauen. Ich denke da findet er die Person zu dem Phantombild."

„Danke für den Tipp meine Liebe. Und jetzt lass mich bitte weiterschlafen."

„Dein Wunsch sei mir Befehl. Bis bald mal wieder." Das Katzenseelenwesen verschwand aus Rias Kopf.

Als das Mädchen am nächsten Morgen aufwachte erinnerte sie sich glasklar an das von Blue Belle gesagte. Deshalb schrieb sie Cedric eine WhatsApp, dass er die alten Fotoalben anschauen solle. Dann ging sie zur Schule.

Sie wartete sehnsüchtig auf eine Antwort und schaute dementsprechend oft auf das Display ihres Handys. Doch es kam keine.

Plötzlich klingelte es an der Tür. Sie hörte, wie ihre Mutter öffnete und eine männliche Stimme sie begrüßte.

„Guten Tag Frau Seeberger. Mein Name ist Cedric. Ist ihre Tochter da?"

„Komm rein Cedric, ich habe schon viel von dir gehört. Sie ist oben in ihrem Zimmer. Geh ruhig rauf. Die erste Tür links."

Irritiert ging der junge Mann nach oben. Er klopfte an die Tür und Ria rief „Herein."

„Hey, das ist ja eine schöne Überraschung. Ich freu mich, dass du vorbeigekommen bist. Setz dich doch. Gibt es etwas Neues?"

„Ja, das gibt es tatsächlich. Ich kann die Zusammenhänge allerdings noch nicht erkennen. Stell dir vor, dieser Mann auf dem Phantombild ist mein Vater. Nur eben viel älter und mit Bart."

„Dein Vater?" Ria erschauderte. Eine Gänsehaut lief ihr den Rücken hinunter. „Und du meinst, er hat deine Mutter ins Koma geprügelt? Was könnte da denn vorgefallen sein?"

„Ich weiß es nicht. Bisher dachte ich, dass meine Mutter keinerlei Kontakt zu ihm hat. Er hat uns schon verlassen, als wir noch ganz klein waren. Deshalb habe ich ihn auch nicht gleich erkannt."

„Weißt du was," sagte Ria. „Wir gehen jetzt zu Herrn Mayer, dem Polizisten und Bekannten meiner Mutter und erzählen ihm von deinem Verdacht. Der kann das sicher besser recherchieren. Hast du das Fotoalbum dabei?"

„Nein leider nicht. Aber das kann ich später vorbeibringen."

„Dann lass uns sofort gehen. Deine Mutter könnte immer noch in Gefahr sein."

Ria rannte schon die Treppe hinunter, schnappte sich ihre Jacke und rannte hinaus. Cedric hatte Mühe ihr hinterherzukommen und Rosalinde schaute nur verblüfft hinterher.

Gefahr

Ganz in der Nähe ihres Wohnhauses war eine Bushaltestelle. Von dort fuhr alle fünfzehn Minuten ein Bus in die Stadt und so mussten sie nicht lange warten.

Am Marienplatz stiegen die beiden Jugendlichen aus und gingen etwa hundert Meter weiter zur Polizeidienststelle.

Der Polizist am Empfang fragte, was Ria denn auf dem Herzen hätte.

Sie antwortete: „Wir haben eventuell einen sachdienlichen Hinweis zu einem Fall, den Herr Mayer bearbeitet."

„Gut dann kommen sie herein." Er drückte den Türöffner und sie durften in den inneren Bereich hinter der Glaswand eintreten. „Zweite Tür rechts bitte."

Ria bedankte sich bei dem Mann und Cedric trottete hinter ihr her.

Sie klopfte an die Tür, bis sie ein Herein hörten. Dann traten sie ein.

„Hallo Ria, wie komme ich zu der Ehre deines Besuches? Ich hoffe, es ist nichts passiert."

170

„Nein, keine Angst Georg. Darf ich dir Cedric vorstellen? Das ist mein Schulfreund und der Sohn der im Koma liegenden Frau. Ich habe ihm das Phantombild gezeigt und er hat sich daraufhin die alten Fotoalben seiner Familie angeschaut. Der Mann hat wohl eine Ähnlichkeit mit seinem Vater. Der hat aber die Familie schon vor langer Zeit verlassen."

Cedric meldete sich zu Wort. „Sie müssen wissen, dass mein Vater etwa ein Jahr nach der Geburt meines jüngeren Bruders ins Ausland gegangen ist. Wir haben nie mehr von ihm gehört. Ich dachte, dass auch meine Mutter keinen Kontakt mehr zu ihm hätte. Ich weiß nicht einmal seine Adresse."

„Wir werden das überprüfen. Dazu haben wir hier unsere speziellen Möglichkeiten und die internationalen Datenbanken. Kannst du mir eventuell noch das Fotoalbum vorbeibringen? Einfach noch zum Abgleich. Weißt du sonst noch etwas über deinen Vater?"

„Nicht viel, nur dass er wohl nie Unterhalt bezahlt hat und sich auch nicht für uns interessiert hat."

Na gut, ich werde das überprüfen und bei deiner Mutter einen Beamten vor die Tür setzen. Solange der Mann auf freiem Fuß ist, könnte eine Gefahr von ihm ausgehen. Lass auch zu Hause niemanden herein, den du nicht kennst."

„Gut, mach ich. Das Fotoalbum bringe ich morgen nach der Schule vorbei. Bis dann Herr Mayer und Danke."

Cedric schob Ria zur Tür hinaus.

„Könnten wir heute schon ins Krankenhaus zu meiner Mutter?"

„Natürlich Cedric. Lass uns den Bus nehmen."

Kurz darauf stiegen sie an der Bushaltestelle vor dem Städtischen Krankenhaus aus.

Vor dem Zimmer seiner Mutter saß bereits ein uniformierter Polizist. Georg hatte schnell reagiert.

Langsam öffnete Cedric das leicht abgedunkelte Zimmer. Eine zarte weibliche Person mit langen blonden Haaren lag im Bett. Viele Schläuche und Geräte waren angeschlossen. Ria erschrak zunächst. Dann trat sie an das Bett der jugendlich wirkenden Frau und schaute sie sich genau an.

Zarte Pastellfarben umgaben ihren Oberkörper. Im unteren Bereich war die Farbe noch ein verwaschenes grau.

„Cedric, sie wird wieder aufwachen. Es kann aber noch ein paar Tage dauern."

„Was siehst du denn für Farben." Ria beschrieb ihm die zarten Pastelltöne und das Grau.

„Und das kannst du einfach so sehen?"

„Ja, seit ich im Seelenlabyrinth war hat sich diese Gabe entwickelt. Ich finde es auch sehr faszinierend."

„Was habe ich denn für Farben?"

„Du hast fast die gleichen Farben wie ich. Nämlich fast alle Regenbogenfarben mit ein bisschen schwarz. Das schwarz ist meistens da, wenn man traurig ist. Allerdings gibt es Menschen mit einer fast komplett schwarzen Aura. Die sollte man unbedingt meiden, denn die ziehen einem wie verrückt Energie ab. Sie haben in der Regel auch einen sehr schlechten Charakter oder sind sogar Straftäter. Blue Belle sagte mir, dass das Energievampire sind. Ich habe das schon am eigenen Leib erlebt. Du fühlst dich nach einem Kontakt mit ihnen sehr müde, als ob deine Batterie leer ist.

„Ich würde die Farben auch gerne sehen können."

Ria wirkte nachdenklich. „Es hat Vorteile, aber auch Nachteile. Man meidet manche Menschen schon von vornherein, weil man denkt, dass sie schlecht sind. Vielleicht ist das auch nicht richtig."

„So wie du das erzählst, behältst du aber wenigstens deine Energie, wenn du schlechte Menschen meidest."

„Ja, da hast du sicher recht. Kommst du mit, oder möchtest du noch bei deiner Mutter bleiben."

Cedric seufzte. „Ich muss zu meinem Bruder."

An der Bushaltestelle wartete Ria auf den Bus zur Südstadt und Cedric auf den Bus zur Weststadt.

Als der erste Bus kam, umarmten sie sich.

„Bis bald Ria."

Bis bald Cedric, vergiss nicht das Mittagessen am Samstag."

Sie sah nur noch, wie er den Kopf schüttelte.

Festessen

Die restliche Woche ging schleppend vorüber, denn sie konnte es kaum erwarten, bis es Samstag war.

Als es dann am Samstag um kurz vor zwölf endlich an der Tür klingelte, öffnete sie freudig. Sie war ein bisschen enttäuscht, als sie zunächst Georg und Wolfgang erblickte. Dahinter standen, etwas verschüchtert, Cedric und sein kleiner Bruder Leander. Sie bat die Gäste herein.

Rosalinde lief bereits auf ihren Georg zu und umarmte ihn. Der drückte ihr einen dicken Kuss auf die Lippen. Beide strahlten um die Wette, bis Ria sich räusperte.

„Mama ich habe Hunger und die anderen sicher auch."

Rosalinde riss sich zusammen und bat zu Tisch. „Ich hoffe, ihr habt einen großen Hunger mitgebracht." Sie ging auf Leander zu und streichelte ihm über den Kopf. „Geht's dir wieder besser kleiner Mann?"

Leander drückte sich an seinen großen Bruder und nickte. Doch als sich dann alle den Bauch vollgestopft hatten, taute der Junge auf. Ria setzte Wolfgang und Leander vor die Spielkonsole und sofort waren die Beiden in ihrem Element und man hörte nicht mehr viel von ihnen.

Rosalinde begann den Tisch abzuräumen. Georg zog das Fotoalbum von Cedric hervor und schob es ihm hin. „Ich habe Neuigkeiten für euch."

Ria, Cedric und Rosalinde lauschten gespannt. „Dein Vater lieber Cedric, wohnt nicht mehr im Ausland. Seine Beziehung dort ist gescheitert und er ist wieder zurück nach Deutschland gekommen. Wir konnten seine Spur aufnehmen und ihn vernehmen. Jetzt ist er in Untersuchungshaft. Bei der Vernehmung kam heraus, dass er sehr wohl Unterhalt bezahlt hat. Dies haben wir anhand der Kontobewegungen auf dem Konto deiner Mutter überprüft. Es stimmt, was er sagt. Dort gingen jeden Monat eintausend Euro auf das Konto ein, mit dem Verwendungszweck Cedric und Leander."

Cedric schaute Georg ungläubig an. „Und warum behauptet meine Mutter dann, dass er nie etwas bezahlt hat?"

„Das weiß ich leider nicht, aber du kannst sie fragen, wenn sie aufwacht. Die Ärzte haben mir gesagt, dass es nur noch einige Tage dauern wird." Georg griff nach seinem Espresso und trank einen Schluck. „Es geht aber noch weiter. Euer Vater behauptet, dass er regelmäßig Briefe an euch geschrieben hat und wollte, dass ihr in den Ferien zu ihm kommt. Du siehst, er hat sich anscheinend wirklich kümmern wollen."

Cedric wirkte nachdenklich und traurig. „Ich versteh das nicht. Vielleicht existieren diese Briefe noch. Ich werde die ganzen Schränke durchsuchen."

Ria konnte ihrem Freund ansehen, wie ihn diese Aussage mitnahm. Seine Aura wurde immer dunkler.

„Sie nahm ihn in den Arm. Es wird sich sicher alles irgendwie aufklären. Du wirst deine Mutter noch fragen können."

„War das der Grund, weshalb mein Vater meine Mutter niedergeschlagen hat?"

Georg zuckte die Schultern. „Dein Vater verneint die Tat. Es muss noch etwas anderes dahinterstecken. Ich bin ehrlich gesagt geneigt ihm zu glauben. Wir suchen jedenfalls weiter nach möglichen Erklärungen. Momentan ist dein Vater jedenfalls bei uns in Untersuchungshaft. Wenn du ihn also sehen willst, dann musst du mir nur kurz vorher Bescheid geben, dann führe ich dich zu ihm."

„Ich bin mir nicht sicher."

„Lass es sacken mein Junge. Das waren auch verwirrende Informationen. Ich bin jederzeit für dich erreichbar." Er gab Cedric seine Handynummer.

Cedric entschuldigte sich bei Ria, aber er wollte nur noch nach Hause.

„Das versteh ich Cedric. Komm wir holen Leander."

Leander und Wolfgang waren mitten im Spiel. „Ach lass mich doch noch ein bisschen hierbleiben," maulte Leander. „Es gefällt mir hier."

Ria blickte zu ihrer Mutter, diese nickte. „Lass deinen Bruder doch einfach hier. Georg bringt ihn heute Abend zu dir nach Hause. „Oder Georg?"

„Ja klar, kein Problem." Cedric war einverstanden.

„Ich gehe jetzt Briefe suchen. Das lässt mir keine Ruhe." Dann verschwand er, sichtlich aufgewühlt.

Rosaline meinte nur: „Armer Junge. Der hat es auch nicht leicht."

Georg nahm sie in den Arm und drückte ihr einen Kuss auf den Scheitel. „In meinem Beruf sehe ich leider furchtbare Dinge. Umso wichtiger ist es, ein zu Hause mit viel Liebe und Geborgenheit zu haben. Mir scheint, ich habe solch einen Platz gefunden."

Rosalinde war hin und weg über diese Worte. „Oh Georg, ich fühle dasselbe. Es ist so schön mit dir. Als ob man an einem wunderschönen Strand in der Sonne liegt. Du strahlst so viel Wärme aus. Du kannst jederzeit kommen, auch wenn ich dich nicht extra einlade."

„Schön zu hören Rosalinde. Dieses Angebot werde ich doch glatt annehmen."

Ria ging ins Wohnzimmer zu den Jungs. Ihr wurde das Gesülze zu viel. Sie freute sich zwar für ihre Mutter und ehrlich gesagt, fand sie Georg wirklich in Ordnung. Es hätte schlimmer sein können.

Von Cedric hörte sie an diesem Abend nichts mehr. Er reagierte nicht auf ihre WhatsApp, also beschloss sie ihn in Ruhe zu lassen. Er würde sich schon melden, wenn er die Neuigkeiten verdaut hatte.

Sie selbst grübelte ebenfalls, als sie später in ihrem Bett lag. Was konnte eine Mutter veranlassen, ihren Kindern den Vater zu entziehen. Gut sie kannte den Mann nicht. Es hätte aber doch sicher eine Lösung gegeben. Endlich schlief sie ein.

Cedric sah sie erst am Montag wieder. Er wirkte immer noch bedrückt und wäre ihr wohl sichtlich gerne aus dem Weg gegangen.

Sie fing ihn in der Aula ab. „Möchtest du allein sein oder reden?"

„Eigentlich wäre ich gerne lieber allein. In mir brodelt eine enorme Wut. Aber andererseits kann man gut mit dir reden. Du kannst mich gerne zum Bus begleiten, wenn du magst."

Ria strahlte. „Ja ich würde dich furchtbar gerne begleiten. Hast du die Briefe gefunden?"

„Ja, in der Truhe von meiner Mutter waren sie ganz unten drin versteckt. Keine Ahnung, warum sie die uns vorenthalten hat. Er schreibt sehr nett und lädt uns immer wieder ein, in den Ferien zu ihm zu kommen. Ich werde die Briefe Georg übergeben, dann kann er sich selbst ein Bild davon machen."

„Ja, das wäre sicher sinnvoll. Dann warten wir jetzt, bis deine Mutter aufwacht und wieder stabil ist und dann wissen wir vielleicht mehr.“

Cedric nickte, stieg in seinen Bus und Ria radelte heim.

Es dauerte noch fast zwei Wochen, bis Cedric ihr in der Schule aufgeregt erzählte, dass das Krankenhaus angerufen hatte. Seine Mutter war wach. Sie war allerdings noch sehr schwach und die Ärzte hatten angeraten, bis zum Wochenende mit einem Besuch zu warten. Cedric war sehr nervös. Er hielt es kaum aus, sie nicht zu besuchen. So sehr brannte es ihn unter den Fingernägeln, endlich die Wahrheit zu erfahren.

Wettschulden

Endlich war es so weit. Er brachte Leander zu Rias Mutter und zusammen mit Ria fuhr er zum Krankenhaus.

Sein Herz klopfte. Er freute sich, dass es seiner Mutter wieder besser ging und war gleichzeitig auch wahnsinnig wütend. Aber man sollte nicht vorschnell urteilen. Erst wollte er sie anhören.

Zaghaft klopfte er an die Tür. Eine Welle der Liebe überkam ihn, als er seine zarte Mutter in den aufgeschüttelten Kissen liegen sah. Er trat an ihr Bett und umarmte sie. „Mama, ich bin so froh, dass du wieder wach bist. Ich dachte schon, ich hätte dich verloren."

Seine Mutter lächelte. „So schnell wirst du mich nicht los. Wer ist denn deine kleine Freundin?"

„Das ist Ria, meine Schulkameradin und beste Freundin. Sie hat mir sehr über diese schwere Zeit hinweggeholfen. Leander ist bei ihrer Mutter."

„Komm her zu mir Ria. Freut mich, dich kennenzulernen."

184

Cedric holte zwei Stühle und stellte sie direkt ans Krankenbett. Er und Ria setzten sich darauf, so waren sie näher bei seiner Mutter und er konnte ihre Hand halten.

Er wollte sie gerade zur Rede stellen, als es erneut an der Tür klopfte.

„Herein, rief Cedrics Mutter."

Georg stand in der Tür und hatte Cedrics Vater im Schlepptau. „Guten Tag Frau Coballa. Entschuldigen Sie bitte die Störung. Ich bin von der Polizei und habe noch einige Fragen zum Tat Hergang. Ich habe ihren Ex Ehemann dabei. Er saß bei mir in Untersuchungshaft. Doch die Anschuldigungen gegen ihn wurden inzwischen fallen gelassen. Oder haben Sie hierzu Einwände Frau Coballa?

Cedrics Mutter fühlte sich komplett überrumpelt. Man sah ihr die Überraschung und Angst direkt an. Ihr wurde bewusst, dass sie mit Lügengeschichten jetzt nicht mehr weiterkam. Vielleicht war es Zeit für die Wahrheit.

„Nein, ich kann bestätigen, dass es nicht mein Ex Ehemann war, der mich niedergeschlagen hat. Ich muss euch etwas beichten. Mein Arbeitgeber hat mich überraschend entlassen. Seine Begründung war, dass die Geschäfte nicht mehr so gut laufen würden und er deshalb sparen müsse. Somit stand ich auf der Straße. Ich schrieb unendlich viele Bewerbungen und wurde überall abgelehnt. Da erinnerte ich mich an eine Zeit vor eurer Geburt. Damals machte ich eine Ausbildung zur Pferdewirtin und arbeitete in einem Reitstall. Ich bildete mir ein, mich mit Pferden gut auszukennen. Deshalb dachte ich, dass ich mein Glück mit Pferdewetten versuchen könnte. Leider verlor ich mein gesamtes erspartes Geld. Doch inzwischen kam ich von der Wetterei nicht mehr los. Ich hatte das Bedürfnis zu spielen, immer in der Hoffnung etwas zu gewinnen. Also lieh ich mir Geld bei einem stadtbekannten Kredithai. Als er die erste Zinszahlung von mir forderte, konnte ich diese natürlich nicht bezahlen, denn das Geld war schon wieder weg. Vermutlich wollte er mir nur einen Denkzettel verpassen lassen, als Erinnerung, dass ich ihm viel Geld schulde. Ich erkannte nämlich, den Mann fürs Grobe, den ich schon einmal bei ihm gesehen hatte. Der hat mich überfallen und niedergeschlagen."

„Dann wäre das schon einmal geklärt," sagte Georg. „Das müssen wir allerdings dann noch schriftlich zu Protokoll nehmen und sie müssen den Mann auch anzeigen und identifizieren.

„Das werde ich. Sobald ich mich dazu in der Lage fühle."

„Gut, dann lasse ich sie jetzt allein. Ihr Ex-Ehemann, die Kinder und sie haben sicher noch einiges zu klären."

Frau Coballa fühlte sich sichtlich unwohl. Herr Mayer, würden sie vielleicht noch hierbleiben? Ich würde mich sehr viel sicherer fühlen.

„Also gut, wenn das ihr Wunsch ist. Dann bleibe ich noch hier."

Er setzte sich an den Tisch am Fenster.

Cedrics Vater Phillip zog sich ebenfalls einen Stuhl ans Bett seiner Exfrau und ergriff das Wort. „Zunächst einmal möchte ich mich bei Cedric entschuldigen, dass ich nicht hartnäckiger war und irgendwann aufgegeben habe. Aber ich war in Australien und das ist leider nicht so um die Ecke. Dazu kam, dass meine damalige Freundin schwanger war und es gar nicht gerne sah, wenn ich Kontakt mit meiner Ex Ehefrau aufnehmen wollte. Also ging ich den Weg des geringsten Widerstandes und hörte irgendwann auf zu schreiben. Zahlte nur noch den Unterhalt, um kein schlechtes Gewissen haben zu müssen. Nun ist diese Beziehung allerdings auch zerbrochen und ich hatte Heimweh. Ich hätte in den nächsten Tagen Kontakt mit euch aufgenommen, wusste aber eure genaue Adresse noch nicht. Doch der Zufall wollte es wohl so, dass ich Dich Melanie auf dem Parkplatz des Einkaufszentrums in der Weststadt sah.

Dort war ich gerade am Geldautomaten gewesen. Zunächst traute ich meinen Augen nicht. Doch dann bemerkte ich diesen Mann in deiner Nähe, der dich niederschlug. Ich rief anonym die Polizei an und machte mich aus dem Staub. Es ist im Grund reiner Zufall, dass ich hier sitze, weil ein Zeuge mich wohl in Deiner Nähe gesehen hatte und gut beschreiben konnte. Man dachte, ich wäre der Täter. Da Ria in Kontakt mit Georg stand, landete das Phantombild wiederum auf Cedrics Handy und er erinnerte sich wage an mich. Ich wurde verhaftet. Auch wenn das für mich zunächst beängstigend war, klärt sich jetzt wenigstens einiges auf. Ich verstehe nur nicht, warum du meine Briefe nicht an die Jungs weitergegeben hast. Natürlich hattest du allen Grund wütend auf mich zu sein, weil ich fremd gegangen bin. Doch ich versteh es nicht und Cedric sicher auch nicht."

Cedric nickte nur.

Melanie seufzte. „Es ist schwierig meine Beweggründe hier vor allen Leuten im

Raum so auszuplaudern. Aber ich werde es versuchen. Ich war damals mit Leander schwanger und Cedric war noch klein. Du hast mich kaum mehr angesehen und ich bemerkte, dass du immer unzufriedener wurdest. Ich dachte mir, dass du sicher eine Geliebte hast, die dir die Zeit versüßt. Eine kugelrunde Ehefrau ist nun mal nicht jedermanns Sache. Da ich dich nicht selbst beschatten konnte, engagierte ich einen Privatdetektiv. Dieser bestätigte mir, dass er dich immer wieder in einschlägige Lokale gehen sah, und zwar in Schwulenbars. Er zeigte mir auch Fotos. Auch eines, welches Dich und einen anderen Mann in inniger Umarmung zeigte. Dieses Bild zog mir die Füße weg. Ich konnte es nicht verstehen, warum ich niemals bemerkt hatte, dass du nicht auf Frauen stehst. Wir hatten zusammen Kinder. Ich war dermaßen vor den Kopf gestoßen und verletzt, dass ich begann, dich tief zu verabscheuen. Ich fühlte mich belogen und betrogen. Es ekelte mich bei dem

Gedanken, dass du mich womöglich auch wieder anfassen würdest. Deshalb habe ich dich auch so kühl behandelt. Und deshalb hast du vermutlich dann auch das Weite gesucht. Es war mir einfach nicht möglich dich als guten Vater dastehen zu lassen. Um mich nicht mehr mit diesem Thema konfrontieren zu müssen, habe ich dich verleugnet. Ich wollte nichts mehr von dir hören und somit, durften auch deine Kinder nichts mehr von dir hören. Das tut mir inzwischen sehr leid. Mir ist inzwischen bewusst, dass Cedric und Leander ein Anrecht auf ihren Vater gehabt hätten. Doch mein Ego ließ das nicht zu."

Schuldbewusst meldete sich Cedrics Vater zu Wort. „Du hast recht, ich war damals sehr unzufrieden. Außerdem spürte ich innerlich, dass etwas mit meiner Sexualität nicht stimmte. Ich mochte weibliche Rundungen schon auch, doch auch durchtrainierte Männerkörper. Ich begriff damals, dass ich das Verlangen nach beiden

Geschlechtern hatte. Es war falsch, das einfach so auszuleben, ohne eine Entscheidung zu treffen. Aber ich dachte, dass es dir ja nicht wehtun würde, wenn du nichts davon weißt, und ich konnte nach meinen kleinen Abenteuern wieder zufrieden nach Hause gehen. Somit wäre uns beiden damit geholfen redete ich mir ein. An die bitteren Konsequenzen habe ich damals nicht gedacht. Das tut mir sehr leid. Ich habe viel Leid über dich und unsere Kinder gebracht. Wenn du mich lässt, würde ich das gerne wieder gut machen."

„Wie willst du das denn wieder gut machen?"

„Da ich jetzt wieder hier wohne, hätte ich gerne einen regelmäßigen Kontakt zu meinen Kindern. Natürlich nur, wenn meine Kinder das auch möchten." Er schaute vorsichtig zu seinem Sohn hinüber. „Möchtest du dich hin und wieder mit mir treffen mein Sohn? Ich würde dich gerne wieder richtig kennenlernen und ausbügeln, was ich falsch gemacht habe."

Cedric überlegte. „Wenn Mama nichts dagegen hat, dann würde mich das sehr freuen. Endlich hätte ich einen Vater, wie alle anderen auch. Das wäre schon großartig. Wäre das denn in Ordnung für dich Mama?"

Seine Mutter Melanie schaute zerknirscht. „Ich denke das wäre nur fair. Mein Ego hat lange genug einen Keil zwischen euch getrieben und schließlich könnt ihr für euch selbst entscheiden. Die sexuelle Gesinnung deines Vaters hat nichts mit der Beziehung zwischen Vater und Kind zu tun. Das ist mir jetzt klar geworden." Erschöpft sank sie in ihr Kissen. „Ehrlich gesagt, schlaucht es ziemlich so schonungslos sein Inneres offen zu legen."

„Dann lassen wir dich jetzt in Ruhe Mama. Das Wichtigste ist geklärt. Ruh Dich aus."

„Auf Wiedersehen sagten Ria und Georg." Sie gingen hinaus, während

Cedric sich noch mit einem Kuss verabschiedete. „Tschüss Mama."

Er folgte Ria hinaus.

„Darf ich dich wieder besuchen kommen Melanie?" fragte Phillip seine Exfrau.

„Ja, ich denke, es besteht noch Redebedarf. Dieses Gespräch hat mir bereits eine gewisse Last von den Schultern genommen. Es tut mir sehr leid, wie das gelaufen ist."

„Kein Problem. Jeder macht Fehler und jetzt bekommen wir vielleicht eine Chance noch ein bisschen etwas gut zu machen. Bis bald. Ruh dich aus." Er schloss die Tür des Krankenzimmers und machte sich auf den Weg zum Ausgang. Dort warteten Cedric und Ria auf ihn. Georg war schon gegangen.

„Hier hast du meine neue Adresse Cedric und meine Handynummer. Du kannst mich jederzeit anrufen. Dann können wir mal etwas zusammen unternehmen. Natürlich auch mit Leander."

„Ich ruf dich an Papa. Bis dann."

Cedric fühlte sich seltsam. „Glaubst du wirklich, dass mein Papa schwul ist.

Ria schüttelte den Kopf, wenn man seiner Aura Glauben schenken darf, dann ist er beides. Er hat die Wahrheit gesagt, denn er hat nur einen kleinen Anteil pink in seiner Aura.“

„Aha und Pink steht für schwul?“

„Das kann man so nicht direkt sagen. Aber wenn ein Mann die Farbe pink in seiner Aura hat, dann hat er eben mehr weibliche Anteile als ein Mann, der keine pinken Anteile hat. Das heißt er verhält sich auch weiblicher. Schwer zu erklären, aber du weißt sicher, wie ich das meine. Ich hatte einmal einen Freund, der hatte ganz viel pink in seiner Aura und ich bin überzeugt, dass er wirklich schwul ist.“

„Das ist schon großartig, wie du die Menschen gleich einschätzen kannst. Das würde ich auch gerne können.“

„Ich muss noch viel lernen, denn das sind auch nur Anhaltspunkte und es gibt so viele Schattierungen. Aber wie gesagt, schwarz geht gar nicht. Dein schwarzer

Anteil ist übrigens komplett weg. Ui, du hast sogar ein bisschen rotrosa dazu bekommen. Bist du verliebt?"

Cedric grinste. „Ja, in Dich mein Schatz. Ich bin sogar tierisch verliebt. Was machen wir jetzt?"

Ria zog ihn in eine geschützte Ecke und küsste ihn. Das ließ Cedric sich gerne gefallen und erwiderte den Kuss leidenschaftlich.

„Weißt du, dass ich dich sehr mag? Schon als ich dich das erste Mal gesehen habe, sind mir deine wunderschönen olivgrünen Augen aufgefallen."

Ria lächelte. „Deine blauen Augen sind auch nicht ohne." Sie drückte ihn fest an sich und wuschelte ihm durch die schulterlangen braunen Haare. „Ich fühle mich in deiner Umgebung sehr wohl."

Cedric schaute ihr tief in die Augen. "Das geht mir genauso. Schauen wir doch einfach, wo es hinführt."

Ria schaute auf ihre Armbanduhr. „Ich muss jetzt jedenfalls erst einmal nach Hause. Meine Mutter wartet sicher schon auf mich." Sie lächelte ihren Freund glücklich an und machte sich auf den Weg zur Bushaltestelle. Cedric stand wie angewurzelt und spürte dem Kuss noch nach. Küssen konnte sie jedenfalls dachte er bei sich. „Warte auf mich, ich muss doch noch meinen kleinen Bruder bei dir abholen." Schnell rannte er ihr nach.

Der Auftrag

Jeden Tag besuchten Cedric und Leander ihre Mutter im Krankenhaus. Sie schien auf dem Weg der Besserung, erholte sich jedoch langsam. Manchmal kam Ria mit und bestätigte, dass die Farben in Melanies Aura kräftiger wurden.

Wenn Leander dabei war, hielten Ria und Cedric etwas Abstand zueinander. Doch der kleine Junge fragte eines Tages ungeniert: „Liebt ihr euch?"

Cedric schaute in verdutzt an. „Wie kommst Du denn darauf?"

„Na du schaust sie immer so verliebt von der Seite an?"

Ria musste lachen. „Ja, junger Mann. Wir mögen uns sehr gerne. Ich hoffe, es macht Dir nichts aus."

Leander meinte großzügig: „Nöö, gar nicht. Ich finde dich cool Ria. Du bist wie eine großartige, große Schwester."

Ria nahm Leander in den Arm und drückte ihn fest an sich. „Das freut mich sehr Leander, dass du mich magst. Ich mag dich auch sehr. Sollen wir noch ein

Eis essen gehen? Leander war sofort Feuer und Flamme.

Nicht weit vom Krankenhaus entfernt befand sich eine italienische Eisdiele. Die Drei setzten sich an einen Tisch am Fenster. Ria reichte dem Kleinen die Karte. „Such du dir zuerst aus Leander. Ich weiß schon, was ich möchte."

Nach einer Weile bestellten sie und als die Eisbecher kamen, stürzte sich jeder darauf. Das hatten sie sich, nach den Aufregungen der letzten Wochen, sichtlich verdient.

„Sag mal Cedric. Ich hatte das Gefühl, dass es deiner Mutter heute etwas schlechter ging."

„Das wäre mir jetzt nicht aufgefallen. Aber ich werde darauf achten."

Als Ria dann abends mit ihrer Mutter beim Abendbrot saß, klingelte es an der Tür. „Wer mag das denn noch sein?"

Rosalie ging zur Tür und öffnete. Georg stand draußen und sie bat ihn herein. „Was ist denn los Georg? Ist etwas passiert?"

Georg hängte seine Jacke in den Flur, kam in die Küche, begrüßte Ria und setzte sich auf einen Stuhl ihr gegenüber. Dann fing er an zu erzählen. "Stellt euch vor, wir bekamen heute einen anonymen Anruf, dass jemand eine Leiche gefunden hat. Natürlich mussten wir sofort an den Tatort. Es stellte sich heraus, dass der Mann wohl der Eintreiber eines Kredithaies war. Er wurde erschlagen. Da wir die Identität des Opfers zweifelfrei feststellen konnten, kamen wir schnell auf den Namen seines Chefs und mussten feststellen, dass dies der Kredithai ist, bei dem Melanie sich das viele Geld für ihre Zockerei geliehen hatte."

Rosalinde schluckte. „Du denkst doch nicht, dass es da einen Zusammenhang gibt. Melanie liegt doch im Krankenhaus und ist sicher nicht in der Lage so etwas zu bewerkstelligen. Dazu geht es ihr noch nicht gut genug."

Georg schüttelte den Kopf. „Ich denke auch nicht an Melanie. Sondern an ihren Mann. Sie hat ihm alles gestanden und

200

dabei ist auch der Name von Kredithai Müller gefallen. Er weiß also wem seine Frau Geld schuldet. Vielleicht wollte er ihn zur Rede stellen. Ich werde ihn jedenfalls aufs Revier bestellen müssen zur Vernehmung."

Ria mischte sich ein. „Ich glaube nicht, dass Cedrics Vater das getan hat. Der schien mir nur froh, dass er Unklarheiten beseitigen konnte. Das Gespräch schien eher wohltuend und klärend gewesen zu sein."

„Ich werde ihn trotzdem vorladen müssen. Der Spur müssen wir nachgehen. Vor allem, weil ich dabei war und sicher weiß, dass Phillip den Namen von Herrn Müller kennt." Georg blieb stur.

„Tu was du tun musst, lieber Georg." Rosalinde nahm ihren Freund in den Arm. „Deinen Job möchte ich nicht haben. Da sieht man so viel Leid."

Georg lächelte. „Ja das stimmt. Aber es macht auch unglaublich stolz, wenn man einen Täter der gerechten Strafe zugeführt hat."

„Das kann ich mir vorstellen," sagte Rosalinde. „Hast Du Hunger? Es ist noch genügend da." Georg nickte und langte kräftig zu.

In dieser Nacht meldete sich Blue Belle bei Ria. „Ria kannst Du mich hören? Du schläfst ja wie ein Murmeltier." Das Mädchen zuckte zusammen und fiel in eine leichtere Schlafphase. „Hallo Blue Belle, was gibt es denn so dringendes?"

„Wir brauchen hier dringend deine Hilfe. Du hast doch von Georg schon gehört, dass da dieser Mann ermordet worden ist. Seine Seele kam hier nicht an. Er hat sich dem Seelenlabyrinth entzogen. Ich kann hier leider nicht weg und die Seele suchen gehen. Kannst du auf Seelenfang gehen? Der stellt da draußen sonst nur Unfug an." Ria war verwirrt. „Und wie bitte schön soll ich das machen? Wie erkenne ich denn eine herumirrende Seele und welche Farbe hat die überhaupt?"

„Die ist rabenschwarz und bitterböse. Du musst dich in Acht nehmen, weil die sich bestimmt gleich an deine gelbe

Sonnenenergie heftet und dich aussaugen will. Such einfach am Tatort, oder da wo die Seele sich zuletzt aufgehalten hat, das Krankenhaus wäre auch noch eine Möglichkeit."

„Ok, geht klar. Kann ich Cedric einweihen? Der weiß nämlich, dass ich die Auren von Menschen und Seelen sehen kann."

„Ja mach das. Du wirst ihn und seine Energie vermutlich brauchen." Blue Belle verschwand aus Rias Kopf und das Mädchen schlief weiter. Erst am nächsten Morgen, nach dem Aufwachen, fiel ihr das Gespräch mit der Seelenwächterin langsam wieder ein. In Gedanken versunken zog sie sich an und ging hinunter zum Frühstück.

„Was ist denn mit dir heute los? Schlecht geschlafen?"

„Nein, nur einen telepathischen Auftrag bekommen."

Rosalinde schaute skeptisch in Richtung ihrer Tochter. „Aha." Sie wusste, dass sie momentan nicht weiter bohren durfte. Ria war sichtlich gedanklich ganz weit weg. Sie hätte keine befriedigende Antwort bekommen.

Wie in Trance aß das Mädchen ihr Frühstück, richtete sich ein belegtes Brot und schwang sich auf den Sattel ihres Fahrrades. Sie hätte gar nicht mehr sagen können, wie sie zur Schule gekommen war. Das ging wohl ganz automatisch. Doch nun im Unterricht musste sie sich konzentrieren, was ihr nur mit äußerster Mühe gelang. Deshalb holte sie sich heute auch keine Pluspunkte bei ihrer Mathelehrerin, denn sie hatte schlicht und einfach nicht zugehört und wusste die Antwort auf die gestellte Frage nicht. Da Frau Schwarz jedoch wusste, dass Ria eigentlich eine zuverlässige Schülerin war, sah sie großzügig darüber hinweg und rügte sie nur sanft, was Ria ihr hoch anrechnete.

In der großen Pause wollte sie nach Cedric sehen, doch sie fand ihn nirgends. Vielleicht nach Schulende sagte sie sich und versuchte den restlichen Vormittag durchzuhalten.

Doch auch nach der sechsten Stunde war ihr Freund nirgends zu finden. Sie beschloss zur Polizeiwache zu radeln. Ihrer Mutter schickte sie eine Nachricht, um ihr mitzuteilen, dass sie erst später nach Hause kommen würde. Zeitgleich schrieb sie auch an Cedric und fragte, wo er denn stecke.

Kurz darauf stürmte sie durch den Eingang zur Polizeiwache. Der Beamte an der Pforte schaute erschrocken auf. „Guten Tag mein junges Fräulein, wohin denn so eilig?" Er drückte auf den Summer.

„Ich kenne den Weg. Danke." Eilig lief sie weiter zu Georgs Büro und stieß die Tür auf, ohne anzuklopfen.

Überrascht schaute Georg auf. „Ria, was gibt es denn? Ist etwas passiert?"

„Wenn Du mich nicht auslachst oder denkst, dass ich verrückt bin, dann erzähle ich dir die Geschichte."

Georg schüttelte den Kopf. Ich kenn doch deine wirren Geschichten, und vor allem, dass sie stimmen. Schieß los."

„Ich habe heute Nacht von der Seelenwächterin Blue Belle eine seltsame Nachricht erhalten. Sie meinte, ich muss unbedingt die Seele dieses Toten zu ihr ins Labyrinth bringen. Er scheint noch in der Zwischenwelt zu schweben, weil er noch nicht bemerkt hat, dass er tot ist. Du musst wissen, dass diese schwarzen Seelen nicht ganz ungefährlich sind, wenn sie auf der Erde bleiben. Sie heften sich an lichtvolle Menschen und machen diese krank, indem sie ihre Energie rauben. Das heißt letztendlich, dass ich den Auftrag erhalten habe, die Seele zu Blue Belle zu bringen."

Georg schaute sie ungläubig an. „Und wie kann ich dir dabei helfen?"

„Ich muss wissen, wo der Tatort ist. Diese Seele ist vermutlich noch an einem Platz, den sie kennt."

Georg stand auf und holte seine Jacke. „Gut ich zeige dir den Ort. Aber ich geh mit dir, auch wenn ich diese Seele sicher nicht sehen kann."

„Danke Georg." Ria ging ihm hinterher auf den Parkplatz und stieg in sein Auto. Sie fuhren zur Brücke, welche die Süd- mit der Nordstadt verband. Eine kleine Seitenstraße führte unter die Brücke. Dort hielt der Polizist an und stieg aus. Er führte Ria unter einen der Brückenpfeiler. Viel Müll lag dort unten. Mit einer Spraydose waren die Umrisse des Verstorbenen aufgesprüht worden. Georg erklärte Ria die Vorgehensweise des Täters.

„Und, spürst oder siehst Du etwas?"

„Nein, es wabert hier zwar noch etwas gefühlt Dunkles, aber ich sehe nichts. Hier ist die verstorbene Seele jedenfalls nicht mehr. Schade. Dann müssen wir weitersuchen. Die nächste Option wäre in der Nähe dieses Kredithaies. Weißt du wo der seine Räumlichkeiten hat Georg?"

„Ja, das weiß ich schon, aber das sind ungemütliche Gesellen. Versprich mir, dass du immer direkt hinter mir bleibst, wenn wir da rein gehen."

Ria nickte. Schweigend gingen sie zum Auto, stiegen ein und fuhren in eine Gegend am Stadtrand, die als Ghettosiedlung bekannt war. Die Gegend sah nicht sehr gepflegt aus und Ria wurde es etwas mulmig. Doch sie hatte einen Auftrag zu erfüllen und sie hoffte, dass Blue Belle auf sie aufpasste. Wie auch immer sie das anstellte.

Georg hielt mit seinem Wagen direkt vor Müllers Büro. Ein Schild hing über dem Eingang. Dort stand Ankauf von Gold und Wertsachen aller Art. Dieser Mann handelte wohl mit allem, was er gewinnbringend verkaufen konnte. Und es war eine gute Tarnung für seine illegalen Wettgeschäfte.

Sie stiegen aus und Ria hielt sich hinter Georgs breitem Rücken, der nun die Treppenstufen vor dem Eingang hinauf ging und die Eingangstür öffnete. Es klingelte und ein wuchtiger Mann, doppelt so breit wie Georg kam auf sie zu. „Wie kann ich helfen," fragte dieser.

Ria zog unbewusst ihre Schultern ein, denn der Typ war ziemlich unheimlich. Auch seine Aura war pechschwarz. Unauffällig schaute sie sich im Laden um, während Georg nach Herrn Müller fragte. „Der ist hinten im Büro. Kommen Sie bitte mit."

Sie folgten dem menschlichen Kleiderschrank.

Dieser klopfte an die Tür und wartete auf das „Herein" seines Chefs.

Ein weißhaariger Mann in den Sechzigern, behangen mit einer dickgliedrigen Goldkette, saß in einem teuren Ledersessel.

„Guten Tag die Herrschaften, was kann ich denn für Sie tun? Haben Sie mir etwas Schönes zu verkaufen?"

„Leider Nein Herr Müller. Ich bin von der Polizei und habe noch ein paar Fragen zu ihrem verstorbenen Mitarbeiter."

Herr Müller lächelte souverän. „Da kann ich Ihnen vermutlich nicht weiterhelfen, denn ich hatte ihn erst vor kurzem eingestellt. Ich weiß nicht einmal genau, wo er wohnte und auch nicht, mit welchen Menschen er verkehrte."

„Das ist sehr schade Herr Müller, ich hatte mir erhofft, dass Sie mir doch etwas weiterhelfen können. Bisher tappen wir nämlich im Dunkeln. Wo waren Sie denn an seinem Todestag zwischen sechs und acht Uhr am frühen Morgen?"

Müller lachte schallend. „Um diese Zeit pflege ich noch tief und fest zu schlafen. Meistens allein, leider."

Georg grinste. „Das ist aber kein gutes Alibi. In diesem Fall werde ich Sie wohl zum Kreis der Verdächtigen hinzufügen müssen. Kommen Sie doch bitte morgen Nachmittag um fünfzehn Uhr auf die Polizeiwache in der Seestraße."

Müller nickte und die Männer verabschiedeten sich höflich voneinander.

Als Georg und Ria draußen auf dem Parkplatz standen, wirkte das Mädchen enttäuscht. „Wieder nichts. Inzwischen

zweifle ich an meiner Wahrnehmung."
Sie musterte Georg von oben bis unten.
„Obwohl, Deine Farben sehe ich nach
wie vor. Du wirst immer rosaroter." Sie
grinste. „Meine Mutter scheint es dir
wirklich angetan zu haben."

Verlegen verdrehte Georg die Augen.
„Du hast mich ertappt. Dir kann man
wohl gar nichts vormachen. Ich war
schon lange nicht mehr so verliebt.
Könntest du dir mich als Deinen
Stiefvater vorstellen?"

Ria musste lachen, weil Georg so
treuherzig dabei schaute. „Aber klar, ich
habe nichts einzuwenden, sondern freue
mich sogar. Mama ist auch richtig happy
und das ist doch die Hauptsache."

„Danke Ria. Dann werde ich mal nach
einem schönen Ring Ausschau halten."

„Ui, Du bist aber schnell. Sie mag Saphire
sehr gerne."

„Danke für den Tipp Ria. Dann brauche
ich nur noch ihre Ringgröße."

Rias Handy miaute. Georg zuckte kurz
zusammen. Eine Nachricht war

eingegangen. Sie stammte von Cedric. Na endlich, dachte das Mädchen als sie die Nachricht öffnete.

„Wir müssen sofort ins Krankenhaus zu Melanie, Georg."

„Warum, was ist passiert?"

„Ihr geht es plötzlich sehr viel schlechter. Die Ärzte meinen, sie überlebt es vielleicht nicht."

Dann lass uns fahren. Schnell stiegen sie ein und Georg raste los.

Schattenseele

Kurz darauf standen sie vor dem Städtischen Krankenhaus und nahmen immer zwei Stufen auf einmal in den zweiten Stock, wo Melanie untergebracht war.

Kaum war Ria durch die Tür getreten, sah sie die Bescherung. Die gesuchte schwarze Seele hatte sich an Melanie angedockt und saugte massiv an ihrer Energie. Sie schien ihren Auftrag Melanie einen Denkzettel zu verpassen immer noch gespeichert zu haben. Vermutlich, weil sie nicht bemerkt hatte, dass sie eigentlich tot war.

Schnell schrieb Ria eine Nachricht an Cedric und bat ihn, umgehend zum Krankenhaus zu kommen. Es dauerte fast eine halbe Stunde, bis er endlich da war.

Zu Georg und Cedric gewandt sagte sie: „Passt auf. Ihr müsst mir jetzt ganz genau zuhören." Sie erklärte den Beiden, was zu tun war und gab ihnen ihre Hand. Das Gelb in ihrer Aura steigerte sich um ein vielfaches, da Cedric die gleiche Farbe in seiner Aura hatte. Es schien, als ob das Geistwesen dies sofort bemerkte. Plötzlich ließ es von Melanie ab und heftete sich an Ria. Genau das hatte sich Ria erhofft.

„Jetzt müssen wir schnell sein Cedric. Wir müssen das Ding ins Seelenlabyrinth bringen, bevor es mir alle Energie aussaugt. Komm."

Sie nahm Cedric an die Hand. „Georg fährst Du uns zur Unterführung? Das geht am schnellsten." Der lief gleich hinterher, die Treppe hinunter und zum Auto. Von weitem drückte er bereits auf den Türöffner. Ria, das Geistwesen und Cedric waren schon eingestiegen, als Georg endlich hinter sein Lenkrad kletterte und sich anschnallte.

„Wo muss ich genau hin?"

„Du musst zu der Unterführung. Die in der Südstadt, am Ufer des Flusses."

„Ja, die kenn ich." Georg gab Gas.

Keine fünf Minuten später ließ er die beiden Jugendlichen aussteigen. Es kam ihm alles sehr suspekt vor, denn er konnte

214

die schwarze Seele nicht sehen. Aber er vertraute Ria.

Hand in Hand rannten die Beiden zu der Stelle, an welcher sich Ria die blaue Tür letztmals gezeigt hatte. Ihr fiel der Spruch nicht mehr ein, den sie sagen sollte. Sie spürte, wie sie ihre Energie verlor und konnte nicht mehr klar denken. Was musste sie nochmal tun, um ins Seelenlabyrinth eingelassen zu werden?

„Eine blaue Tür visualisieren," sagte die Stimme in ihrem Kopf.

„Ich habe keine Kraft mehr," sagte Ria. „Cedric bitte gib mir etwas von deiner Energie ab.

„Wie soll das denn gehen?"

„Leg einfach deine Handfläche auf meinen Bauch, oberhalb des Bauchnabels und visualisiere einen gelben, lichtvollen Energiestrom, der von dir zu mir fließt. Beeil dich. Lange halte ich nicht mehr durch."

Cedric schob seine flache Hand unter Rias T-Shirt und versuchte sich einen Energiestrahl, zwischen ihnen Beiden

215

vorzustellen. Dazu musste er sich ziemlich konzentrieren, denn das war nicht einfach für jemanden, der das noch nie gemacht hatte. Doch es schien zu funktionieren. Ria seufzte tief.

„Das tut gut. Ok, lass deine Hand bitte da und versuch den Energiestrom aufrecht zu erhalten. Ich visualisiere die blaue Tür."

Sie konzentrierte sich, bis sich die blaue Tür vor ihrem inneren Augen zeigte, dann sprach sie: „Seelenfarben zeigt euch mir." Die Tür öffnete sich.

Blue Belle erwartete sie bereits und stand direkt hinter der geöffneten Tür. Sie zog Ria und Cedric in den Vorraum und schlug schnell die Tür zu.

„Na endlich. Wieso hat das denn so lange gedauert."

Cedric traute kaum seinen Augen, als er das seltsame Wesen vor sich sah.

„Musst du mich so anstarren?"

„Entschuldige. Ich habe Ria zwar geglaubt, was sie mir erzählt hat, aber das ist nun doch ziemlich abgefahren. Eine blaue Katze mit Falten zwischen den Ohren und süßen Kulleraugen."

Cedric hatte sich wieder gefangen und grinste vor sich hin.

„Wo hast du den denn aufgegabelt Ria. Ist das dein neuer Freund? Seine Aura Farben sind jedenfalls viel besser, als die von Amos."

Ria torkelte. „Könnte mir mal jemand dieses schwarze Dings abnehmen? Ich habe keine Kraft mehr."

„Upps, das hatte ich fast vergessen," flüsterte Blue Belle.

Sie zog an der schwarzen Masse und hielt es wie eine Spinne von sich weg. „So ein ekelhaftes Geschöpf."

„Sag mal Blue Belle, warum muss es eigentlich solche schwarzen Seelen geben? Es wäre doch viel schöner, wenn alle Seelen bunt wären und einen ausgeglichenen Charakter hätten."

Blue Belle nickte. „Ja, das wäre zwar schön, aber dann würdet ihr schönen Seelen nichts lernen. Wir nennen es hier die Dualität. Wie Du weißt, hat der Chef, also Gott, damals extra solch einen paradiesischen Ort für euch Menschen gemacht. Das Paradies nämlich. Dort gab es nur helles Licht. Dann nahm Eva den Apfel und biss hinein, entgegen seinem Verbot. Sie ließ sich von Luzifer, der als Schlange auftrat, verführen. Ihr müsst wissen, dass Luzifer auch einmal ein Lichtwesen war. Ihr nennt es wohl Engelwesen. Er fiel aber in Ungnade und wurde verstoßen. Ab diesem Zeitpunkt gab es Licht und Dunkelheit. Die Dunkelheit hat eine sehr niedrige Frequenz, das Licht schwingt sehr hoch. Seit Evas Ungehorsam dürfen alle Seelenlichter diese Dualität erfahren. Das heißt, sie lernen Recht und Unrecht kennen, Liebe und Schmerz. Dies alles allerdings um zu erkennen, was die wahre Liebe eigentlich ist. Denn ohne einen Vergleich, würden sie das nicht wissen."

Ria zog die Stirn kraus. „Aha. Und die schwarzen Seelen verkörpern sozusagen alles Negative in dieser Welt, was man erfahren kann."

„Genau. Die Farbe Schwarz steht für Dunkelheit, Leid, Schmerz, Trauer, Krankheit und vieles mehr. Ohne die Dunkelheit, könnten wir das Licht nicht erkennen."

Ria nickte. Das leuchtet mir ein. „Und warum saugt dieses schwarze Wesen hier so an meiner schönen gelben Energie?"

„Weil es eigentlich besser sein will, als es ist. Stell Dir mal vor, du musst immer böse sein, immer krank sein oder Schmerzen haben. Natürlich will die schwarze Seele auch nicht immer nur leiden. Das gelingt ihr aber nur mit einer sehr lichtvollen Seele an ihrer Seite. So wie du eine hast und auch Cedric."

Cedric ergriff nun erstmals das Wort. „Das hört sich sehr spannend an. Aber ich glaube du solltest erst einmal dieses schwarze Dings in seine Zelle stecken. Bevor es uns wieder anzapft."

Blue Belle lachte. „Bei uns gibt es keine Zellen oder Gefängnisstrafen. Wenn eine Seele bereit ist wiederzukommen und zu reinkarnieren, dann muss sie einen

Antrag beim Chef stellen und der gibt ihr ihren neuen Lebensplan mit ins neue Leben. Meistens ist das eine oder mehrere ganz bestimmte Lernaufgaben. Je jünger die Seele ist, desto weniger Aufgaben bekommt sie. Das würde sie sonst überfordern und das ist nicht Sinn der Sache. Das sind dann oft die Selbstmörder. Die schaffen ihre Lernaufgabe nicht, wenn es zuviel ist und müssen dann von vorne anfangen."

Cedric überlegte angestrengt. „Dann müsste es aber auch reine Babyseelen geben, die frisch geboren werden und noch keinerlei Erfahrungen haben. Wie werden denn Seelen geboren?"

„Das ist Chefsache," erklärte Blue Belle. „Der Chef brütet die aus. Aber frag mich nicht, wie er das anstellt. Er hat keine Frau und macht das ganz allein. Außerdem muss es auch noch ein paar Geheimnisse geben. Moment, ich muss diese schwarze Seele loswerden. Die zappelt mir zu viel."

Blue Belle trat an einen Wandschlitz, ähnlich einem Briefkasten, stellte den Zeiger auf schwarz und warf die Seele hinein. „So, erledigt. Die rutscht jetzt direkt in den schwarzen Raum."

„Fortschrittlich," sagte Cedric. „Ich dachte, ich komme in den Genuss eines Rundgangs. Ria hat mir so viel vom Seelenlabyrinth erzählt und ich habe noch so viele Fragen."

„Nun gut. Möchtest du deinen Vater besuchen liebste Ria, Deine Oma, oder Dracholine Clarissa?"

„Am besten alle drei, wenn das möglich ist."

Blue Belle nickte. „Wie du weißt, ist der Regenbogenraum direkt hier hinter der linken Tür, neben dem Ausgangsraum. Brauchst du mich, oder schaffst Du das allein?"

„Ich gehe allein mit Cedric. Wenn ich dich brauche, dann rufe ich dich. In Ordnung?"

„Aber klar. Geht nur."

Dracholine und die Kühe

Ria drückte die Klinke zum Regenbogenraum. Sofort flutete das Licht in allen Spektralfarben den Raum. Es war überwältigend. Cedric konnte sich an den vielen bunten Farben kaum sattsehen. Ein tiefes Gefühl der Wärme und Liebe flutete sein Selbst. „Ist das schön Ria. Hier würde ich gerne für immer bleiben." Cedric setzte sich einfach auf eines der bequemen Sitzkissen, die hier in allen Regenbogenfarben auf dem Boden lagen, lehnte sich an die Wand und schloss die Augen. Da er die Seelen, die hier in diesem Raum wohnten, nicht sehen konnte, setzte er sich versehentlich auf eine drauf. Es fühlte sich an, als ob er einen Stromschlag bekommen hätte. Rasch erhob er sich wieder. „Was war denn das? Ich habe einen Stromschlag bekommen."

Ria fand das ziemlich witzig. „Du bist ja auch auf ein Seelenwesen drauf gesessen. Hast du nichts bemerkt?"

„Nein habe ich nicht. Ich sehe keine Seelen. Aber jetzt, wo du es sagst, sehe ich farbige Schatten. Ich muss nur mehr fokussieren. Und wie erkennst du jetzt deinen Vater?"

„Komm hier sind zwei freie Kissen. Setzen wir uns hierher."

Beide setzten sich und lehnten sich mit dem Rücken an die Wand. „Ich werde mich jetzt auf meinen Vater konzentrieren."

Sie schloss die Augen und holte sich ihren Vater vor ihr inneres Auge. Kurz darauf hörte sie seine Stimme in ihrem Kopf.

„Hey Schatz, schön dass du da bist. Ist das dein neuer Freund, der da neben dir sitzt? Scheint ein netter Junge zu sein."

„Ja Paps, der hat schönere Farben als Amos. Der ist übrigens tatsächlich schwul. Ich habe ihn auf dem Schulhof erwischt, wie er seinen Freund geküsst hat. Ekelhaft war das. Aber jedem das seine. Ich fand es nur unfair, dass er mir das nicht gesagt hat. Cedric gefällt mir viel besser und ich bin total verknallt in ihn."

„Das sind ja schöne Neuigkeiten. Es freut mich für dich. Schade nur, dass ich das nicht mehr in natura miterleben kann. Wie geht es denn deiner Mutter? Trauert sie immer noch?"

„Nein, sie hat einen netten Mann kennengelernt. Stell dir vor, er ist bei der Mordkommission und hatte damals deinen Fall bearbeitet. Übrigens hat sich Frau Sontheimer tatsächlich gestellt und ist ihre Schuldgefühle losgeworden. Ich habe ihr nochmal gesagt, dass du ihr verziehen hast. Sie war so glücklich. Jetzt sitzt sie eine kurze Haftstrafe ab und den Rest bekommt sie vermutlich erlassen wegen guter Führung. Wir besuchen sie manchmal. Ist das komisch für dich?"

„Nein, alles gut. Ich habe doch gesagt, dass ich ihr verziehen habe. Wenn du eine uralte Seele bist und gelernt hast, wahre Liebe zu leben, dann ist das nicht mehr schwierig. Deshalb muss ich auch nicht mehr reinkarnieren. Außer ich möchte unbedingt. Aber noch habe ich kein Bedürfnis dies zu tun. Hier ist es einfach nur cool und so chillig."

Ria fand das schön. „Ich wäre gerne so weit wie Du, aber ich fürchte, ich muss noch ein paar Dinge lernen. Sag mal, ist Oma eigentlich auch hier?"

„Die ist sicher hier, aber nicht in diesem Raum. Witzigerweise ist sie noch keine so alte Seele wie du vielleicht denken magst. Sie hatte das mit der wahren Liebe noch nicht so drauf. Sie müsste im giftgrünen Raum herumschwirren."

„Bevor Cedric hier einschläft vor lauter Wohlfühlgefühl, machen wir uns wieder auf den Weg. Es war schön dich so zufrieden zu sehen. Bis bald mal wieder, oder vielleicht auch nur in meinen Gedanken."

„Kein Problem mein Mädchen. Grüß mir Mama und ihren neuen Freund. Sag ihr ruhig, dass ich mich für sie freue und sie keine Schuldgefühle haben muss. Sie soll ihr Leben genießen."

„Das werde ich machen Papa. Mach es gut und vielen Dank. Achso, wo muss ich denn hin, wenn ich zum giftgrünen Raum will."

Nimm die rechte Tür, da kommst du durch den gelben Raum, kannst dich auch noch einmal etwas auftanken und dann direkt zum giftgrünen Raum. Ich sehe, du hast deinen schönen Schlüssel um den Hals. Damit kommst du rein. Tschüss Ria."

„Tschüss Papa."

Den gelben Raum kannte Ria bereits von ihrem vorherigen Besuch. Auch hier in diesem Raum blieben sie eine kurze Zeit, um sich vollständig zu regenerieren, dann gingen sie weiter.

Schnurstracks öffnete das Mädchen die Tür zum giftgrünen Raum und trat ein. Cedric folgte ihr. Dieser Raum verblüffte sie, es gab nicht nur giftgrünes Licht, sondern hauptsächlich Zimmerpflanzen, die viel Licht brauchten, sowie einige exotische Gräser. Viele exotische, farbenfrohe gefiederte Vögel machten ein riesiges Spektakel als sie eintraten. Was für eine Lautstärke. Ria musste lachen. „Meine Mutter hat Oma immer als streitsüchtig beschrieben. Das Geschrei der Vögel passt da gut." Sie lächelte vor sich hin. „Jetzt muss ich meine Oma Seele nur noch finden."

Kurz darauf landete ein kleiner bunter Papagei auf ihren Schultern. „Hey wer bist denn Du? Bist du das Oma?"

Es musste sich tatsächlich um ihre Oma handeln, denn sie hörte plötzlich die Stimme der alten Dame in ihrem Kopf. „Hallo Ria, das ist aber eine schöne Überraschung, dass du mich hier besuchen kommst. Was verschafft mir denn die Ehre?"

Ria streckte vorsichtig ihre Hand nach dem kleinen Vogel aus. Dieser ließ sich tatsächlich auf ihre Hand nehmen. Das Mädchen hielt sich ihre Hand mit dem Vogel vor die Augen und betrachtete das Tier genau.

„Wieso erscheinst du mir als Vogel liebe Oma?"

„Ich durfte mir meine Erscheinungsform aussuchen, weil ich freiwillig in den giftgrünen Raum bin. Das macht wirklich unglaublich viel Spaß, denn als Vögel können wir so richtig rumkrakelen. Du weißt, ich war schon immer schnell auf einhundertachtzig."

Cedric staunte nur, als Ria schallend lachte, denn er verstand den Vogel nicht.

„Ja, das ist mir wohl bekannt. Aber ich erinnere mich auch an dein liebenswertes und herzliches Wesen."

„Da hast du mich wohl durchschaut meine Liebe. Das habe ich nur nicht so gerne zugegeben, weil ich alle auf Abstand halten wollte. Aber ich habe dich sehr geliebt kleine Ria. Das musst du wissen. Auch wenn ich vielleicht nicht so oft zu Besuch war, wie ich das als Oma vielleicht hätte tun sollen."

„Ach Oma, das ist doch nicht so schlimm. Seit ich weiß, dass ich auch in der normalen Welt mit euch verstorbenen Seelen kommunizieren kann, wenn ich will, ist das überhaupt kein Problem mehr für mich. Schau, Papa musste ja auch schon gehen. Trotzdem ist er immer bei mir, weil ich weiß, wo er ist und dass es ihm gut geht."

Der Vogel hielt doch direkt kurz seinen Schnabel. „Das ist mir doch komplett entgangen. Was ist denn passiert? Er war doch noch viel zu jung, um hier ins Seelenlabyrinth zu kommen."

Ria nickte. „Du hast recht, er war erst achtundvierzig Jahre alt. Aber unsere Nachbarin hat in totgefahren und jetzt ist er im Regenbogenraum. Er ist schon eine uralte Seele. Du kannst ihn sicher besuchen gehen. Ich denke, Blue Belle hat nichts dagegen."

„Ja, ich werde sie fragen, ob das möglich ist. Danke jedenfalls, dass du mir das gesagt hast."

Ria schaut Cedric an. „Ich denke, dann sollten wir weiter. Achso Oma, wie kommen wir denn zum Raum mit den Kühen?"

„Ihr müsst links durch den orangefarbenen Raum und dann die

rechte Tür nehmen, dann kommt ihr auf die Kuhweide. Clarissa wird sich freuen. Sag ihr liebe Grüße."

„Mach ich gerne Oma und vielleicht bis bald. Du kannst sicher feinstofflich mit mir sprechen, wenn du magst."

„Sei nicht böse, aber ich kreische hier lieber herum." Krächzend flog der kleine Papagei davon.

Lass uns gehen Cedric. Sie gingen zur linken Tür. Dahinter strahlte orangefarbenes Licht. Ria kannte die Ringelblumenteppiche vom letzten Mal und schritt zielsicher zur rechten Tür, hinter der die Kühe wohnten.

Bereits vor der Tür hörten sie Kühe muhen. Neugierig öffnete Ria die Tür. Sie standen auf einer riesigen grünen Weide, die übersät mit Kühen war. Braun-weiß gefleckt, schwarz-weiß gefleckt oder nur braun, standen sie ruhig da und grasten. Witzigerweise fühlte sich das Gras unter ihren Füssen tatsächlich echt an. Doch wenn man es näher betrachtete, flimmerte es in einer Art feinenergetischer Form.

Wie hätten es Seelenkühe auch sonst verdauen können.

Einige der Kühe lagen in einer Ecke und dösten vor sich hin, mittendrin Dracholine Clarissa. Sie schien sich pudelwohl zu fühlen.

„Hey Clarissa, aufwachen," rief Ria.

Clarissa öffnete, vorsichtig blinzelnd, die Augen. Schlagartig war sie hellwach.

„Das ist aber eine großartige Überraschung. Was führt dich denn hierher?"

„Darf ich dir meinen Freund Cedric vorstellen?" Clarissa fiel ihr ins Wort.

„Oh, das ist aber ein Schnuckel, viel besser als der andere. Herzlichen Glückwunsch."

Zum Glück konnte Cedric die Worte nicht hören, denn sie waren nur in Rias Kopf hörbar.

Diese begann ihrer Freundin zu erzählen.

„Wir mussten eine schwarze Seele einfangen und sie ins Labyrinth bringen. Auftrag von Blue Belle."

„Oh, das war sicher nicht einfach. Ich mag die Schwarzen gar nicht. Die rauben sogar mir die Energie, obwohl ich ziemlich viel davon habe. Und hast du deine Aufgabe erfüllen können?"

„Ja, anfangs mussten wir suchen. Aber als wir sie hatten, war es ziemlich einfach. Nur meine Energie war fast weg. Aber hier kann man ja wieder aufladen."

Dracholine schmunzelte. „Ja, im gelben, orangenen oder grünen Raum, kannst du richtig tanken. Nutz das aus, bevor du wieder gehst. Wer weiß, wann du wieder herkommst."

Ria legte ihre Hand auf Clarissas Schulter. „Du hast recht, wir brauchen unsere schöne Energie. Vor allem, falls Blue Belle noch mehr solcher Aufträge hat."

„Die hat sie sicher," meinte Clarissa. „Sie passt sehr gut auf, dass alle Seelen in ihre speziellen Räume kommen. Aber sie hat nicht umsonst den verantwortungsvollen Job der Seelenwächterin vom Boss bekommen. Da muss man schon Leistung bringen. Das ist hier auch nicht anders als bei euch da draußen."

Ria lachte. „Ja, sieht ganz so aus. Wir müssen jetzt leider wieder gehen Clarissa. Aber wir können ja auch so miteinander reden, falls du das Bedürfnis haben solltest."

„Stimmt, dann leg ich mich wieder aufs Ohr. Und danke, dass ich bei den Kühen sein darf. Sie sind so liebevoll und schenken mir so viel Ruhe."

„Es freut mich, dass du glücklich bist."

„Und wie," sagte Clarissa. „Dann Gutes Nächtle und bis bald mal wieder."

„Gute Nacht, schlaf gut." Ria schnappte Cedric am Arm und zog ihn mit sich zum Ausgang.

Doch Cedric sträubte sich. „Können wir noch einmal in diesen großartigen gelben Raum? Ich brauche noch etwas Energie. Dieses schwarze Ding, hat mir so viel davon stibitzt."

„Also gut," willigte Ria ein. „Es kann sicher nicht schaden. Wer weiß, welche Abenteuer noch auf uns zukommen."

Sie gingen gemeinsam zum gelben Raum zurück und setzten sich in die dort aufgestellten Liegestühle. Warme Energie flutete ihr System und nach einer halben Stunde fühlte sich Cedric so gut, dass er zu Ria meinte: „Wegen mir können wir gehen. Mir geht es so richtig gut und Dir?"

„Mir auch. Ich fühle mich wie neugeboren."

Blue Belle in Not

Kurz darauf standen sie wieder in Blue Belles Eingangsbereich. Doch es war keine Seelenwächterin da.

„Wo steckt denn unsere blaue Katze?" Ria wunderte sich. Plötzlich hatte sie ein ungutes Gefühl. Das ist nicht Blue Belles Art, die Pforte unbewacht zu lassen.

Vom Eingangsbereich gingen sieben Türen ab.

Ria öffnete eine nach der anderen. Hinter der dritten Tür öffnete sich ein graublauer Raum. Dort lag Blue Belle regungslos auf einer Pritsche. Sie war gefesselt mit seltsam, lebendig wirkenden Schnüren. Bei näherem Hinsehen entpuppten sich die Schnüre als Schlangen.

Lebte die Seelenwächterin noch? Aber konnte man bei toten Seelen von Leben sprechen? Jedenfalls hatte Blue Belle sehr lebendig gewirkt. Können tote Schlangen beißen und Schaden anrichten? Ria hatte keine Antwort darauf und Cedric war sowieso überfordert. Sie musste dringend Kontakt mit Blue Belle aufnehmen. Sie schloss die Tür, um keine der Seelenschlangen entkommen zu lassen und setzte sich auf den Boden. Dann konzentrierte sie sich. Ganz schwach vernahm sie Blue Belles zartes Stimmchen.

„Ria, ich brauche Hilfe. Du musst in den Mäuseraum und Futter für die Schlangen holen. Dann werden sie loslassen."

„Wo finde ich diesen Raum?"

„Geh durch die fünfte Tür, dann bist du direkt wieder bei Dracholine. Die kennt den Weg."

„Kannst du bitte bei Blue Belle bleiben Cedric? Ich bin gleich wieder da."

„Natürlich bleibe ich hier. Was mache ich, wenn mich jemand überfallen will?"

„Dann rennst du durch die sechste Tür. Die geht zum sonnengelben Raum. Da bist du gut geschützt."

Ria flitzte zu Clarissa. Diese traute ihren Echsenaugen nicht, als das Mädchen schon wieder vor ihr stand.

„Clarissa, du musst mir helfen. Blue Belle wurde überfallen und mit Schlangen gefesselt. Sie hat gesagt, wir müssen zum Mäuseraum und einige Mäuse mit zu Blue-Belles-Raum bringen, um die Schlangen von ihr abzulenken."

„Beruhig dich Ria," ich muss erst mal aufwachen. „Warum wurde die Katze denn gefesselt?"

„Keine Ahnung, aber wir müssen jetzt dringend zu den Mäusen."

„Ich komm ja schon. Wir müssen da lang."

Dracholine schlurfte voraus und öffnete eine Tür. Sie hielt kurz inne. „Du hast recht, wir müssen uns beeilen."

Sie durchschritten einige Türen und standen plötzlich in einem Raum, der gelblich/bräunliches Licht ausstrahlte. Überall sah man Mäuse an Käsestücken nagen.

„Die haben hier keine Not," staunte Ria. „Wieso sollten sie sich freiwillig von Schlangen fressen lassen und mitkommen?"

„Lass mich nur machen," erwiderte Dracholine.

Die Mäuse blickten aufgeregt in Rias und Clarissas Richtung.

„Was wollt ihr denn hier?" hörte Ria etwas in ihrem Kopf sagen. Es war eine richtig niedliche, piepsige Stimme.

Clarissa räusperte sich. „Liebe Mäuse. Wir brauchen euch zur Verteidigung. Blue Belle ist in Gefahr. Sie kann die Pforte nicht mehr allein halten und braucht dringend eure Unterstützung."

„Oh ja," piepste es. „Wir kommen sofort."

Wahrscheinlich war es die Obermaus oder der Mäuseboss. Jedenfalls stellte sich eine Maus auf ein Holzstück und hielt eine Ansprache. „Liebe Mäusefreunde. Ich habe soeben erfahren, dass unsere Seelenwächterin dringend Hilfe benötigt. Wir müssen sofort zu ihr eilen. Habt ihr Lust auf ein Abenteuer? Dann folgt mir, ihr tapferen Mäusehelden."

Innerlich schmunzelte Ria, denn die Maus hatte das voller Inbrunst gesagt. Sie schien sich wirklich für einen legendären Krieger zu halten.

Dracholine eilte voraus, Ria folgte und viele kleine Mäusefüßchen trippelten hinter ihnen her.

Kurz darauf erreichten sie den Eingangsbereich und Ria deutete in Blue Belles Zimmer. Die Mäuschen tappten in eine Falle, denn die Schlangen ließen sofort von der Katze ab und stürzten sich auf die Mäuse.

„Keine Angst," sagte Clarissa. „Das ist nur feinstoffliches Essen. Die Schlangen erinnern sich daran, dass sie früher gerne Mäuse gefressen haben. Die Mäuse sind ja schon tot und ihre Seelen werden sowieso wiedergeboren. Vermutlich werden sie sogar als ranghöheres Tier geboren, weil sie sich geopfert haben. Sowas wird immer belohnt. Gutes Karma aufbauen nennt man das."

„Da bin ich aber froh." Ria trat an die Pritsche. Doch die Katze rührte sich nicht. „In ihren Gedanken hörte sie jedoch ihre Stimme. „Bringt mich in den

Regenbogenraum. Dort werde ich wieder gesund."

Erst jetzt fiel Ria auf, dass Cedric nicht mehr an seinem Platz war. Nun vielleicht hatte er es hier nicht mehr ausgehalten und war nach Hause gegangen oder er war in den gelben Raum geflüchtet. Doch jetzt mussten sie sich erst um Blue Belle kümmern. Dracholine nahm die Katze auf ihre Schultern und trug sie in Richtung des Regenbogenraumes. Dort angekommen schoben sie einige Bodenkissen zusammen und legten Blue Belle bequem darauf. Dann sahen sie fasziniert zu, wie die Regenbogenseelen an ihr andockten und sie wieder aufluden. Witzigerweise entzog sie nur die blaue Farbe der Seelen. Kurz darauf kam Blue Belle wieder zu sich.

„Vielen Dank Ria und Clarissa. Ich hasse Schlangen. Aber noch viel mehr nerven mich die schwarzen Seelen. Die haben eine Revolte angezettelt und haben versucht zu fliehen, vielleicht haben es sogar einige geschafft."

„Sag mal, hast du mitbekommen, wo Cedric hin ist? Er sollte auf dich aufpassen."

„Wenn ich so nachdenke, waren da einige der Schwarzen in meinem Raum. Vielleicht haben sie Cedric mitgenommen."

Jetzt fiel Ria wieder ein, dass sie zu ihm gesagt hatte, dass er in den gelben Raum fliehen solle, falls er überfallen wird.

„Ich weiß vermutlich, wo er ist. Kommt mit, ich brauche euch. Er ist vermutlich in den gelben Raum geflüchtet."

Dracholine, Blue Belle und Ria rannten zum gelben Raum. Blue Belle öffnete und erschrak. Der Raum hatte sich verdunkelt. Überall schwirrten schwarze Seelen umher.

Ria entdeckte Cedric, der in einer Ecke lag. Die schwarzen Seelen hatten sich an ihn geheftet. Seine Aura war schon fast verblasst. Sie musste ihn unbedingt retten. Schnell lief sie zu ihm hin. Doch sofort hefteten sich auch schwarze Seelen

241

an sie an und begannen ihre Energie zu trinken.

Blue Belle überlegte. „Clarissa, könntest du bitte die Seelen aus dem orangefarbenen, giftgrünen und dem regenbogenfarbenen Raum herholen? Wir brauchen mehr Licht, um diese negative Energien im Zaum zu halten."

Clarissa watschelte so schnell sie konnte davon.

Nach kurzer Zeit kam Dracholine zurück. In ihrem Gefolge hatte sie Unmengen an hellen, lichtvollen Seelen. Diese stürzten sich direkt auf die Schwarzen und versuchten den Spieß umzudrehen. Man sah förmlich wie dunkle Energie gegen lichtvolle Energie kämpfte. Trotzdem sahen sie noch keinen Durchbruch.

Blue Belle schüttelte den Kopf. „Ich muss den Chef anfunken." Sie verfiel in eine Art Starre und verdrehte die Augen.

„Nicht stören," sagte Clarissa zu Ria.

Kurz darauf sah man ein helles, kraftvolles Licht wie eine Säule mitten im Raum stehen. Es wirkte auf die schwarzen Seelen, wie Licht auf Nachtfalter. Alle dunklen Seelen flogen direkt in die Lichtquelle und schienen zu verglühen.

Als der Raum gesäubert und wieder in sonnengelber Energie erstrahlte, sprach eine Stimme „Ich bin Gott. Das allumfassende Licht der Liebe. Ich liebe auch meine schwarzen Seelen, doch das Dunkle darf nicht überhandnehmen. Deshalb sah ich mich gezwungen, diese schwarzen Seelen aus dem Spiel zu nehmen und in Lichtseelen zu verwandeln. Sie werden der Geburts Quelle zugeführt, denn der Brunnen benötigt viel Energie, um frische, noch unbeschriebene Babyseelen zu gebären.

„Das heißt, dass sie nicht bestraft werden für ihren Ungehorsam?" Ria war empört.

„Du hast vollkommen recht liebste Ria. Aber ich bin Gott, ich bin die Liebe. Ich verzeihe alles und lasse das Individuum lernen durch Lernaufgabe, die jede Seele ins neue Leben mitbekommt. Schade ist nur, dass eine schwarze Seele, die

Energie von zwei Lichtseelen aufnehmen kann. Hier herrscht noch ein scheinbares Ungleichgewicht. Doch es gibt auch viel mehr Lichtseelen als dunkle Seelen auf der Welt."

Ria schüttelte den Kopf. „Ich glaube, da irrst du dich lieber Gott. Die Welt wird immer schlechter. Kriege, Gier, menschenverachtendes Verhalten, Missbrauch von Kindern und vieles mehr. Ich verstehe nicht, warum das so sein muss. Warum sollen Seelen lernen müssen, für was denn? Sie landen doch am Ende im Regenbogenraum, wenn sie gut waren und ihre Aufgaben gelernt haben. Du kannst sie doch auch an guten Erfahrungen lernen lassen."

„Ja, das könnte ich wohl. Doch wäre das gleich effektiv? Wenn dir nur Gutes widerfährt, hast du keinen Grund irgendetwas zu ändern. Dann ist es ein gleichtöniges, einfaches Leben, in dem alles gelingt. Du hättest keinen Liebeskummer. Wie sollst Du dann Verlustangst oder Existenzangst lernen, wenn keine böse Seele dir etwas wegnimmt?"

Ria verstand seine Einstellung nicht. „Aber nehmen wir zum Beispiel das Thema Kindesmissbrauch. Warum müssen unschuldige Kinder solchen Qualen ausgesetzt werden? Sie kommen rein und unschuldig auf die Welt und haben nichts Böses getan und bekommen dann solch eine Lernaufgabe?"

Gott lächelte. „Ein Kind oder auch ein älterer Mensch der gequält und gefoltert wurde kann entscheiden, ob er weiterhin ein guter Mensch bleibt und sein Trauma mit Liebe heilt, oder zu einem bösen Menschen wird, der Rache an seinem Peiniger nimmt. Überhaupt kann jeder Mensch, selbst entscheiden, ob er sich als Opfer oder Täter sieht. Das entscheide nicht ich. Ich erschaffe nur neue, unschuldige Seelen. Schau dir die alten Regenbogenseelen an. Die haben oft keine Lust mehr, das Spiel, das sie vielleicht tausendfach gespielt haben, noch einmal zu spielen. Aber bis sie so weit sind, haben sie auch tausendfach schlechte Erfahrungen gemacht und doch hat die Liebe letztendlich gesiegt."

Ria wurde sauer. „Aha, für dich ist es also nur ein Spiel. Dann sind wird deine Schachfiguren. Was soll daran Liebe sein? Du redest dich damit heraus, dass wir selbst entscheiden können. Das heißt, du lehnst deine Verantwortung für uns eigentlich ab. Du nimmst uns jegliche Erinnerungen an ein früheres Leben und somit können wir nicht aus einer früheren Erfahrung schöpfen. Das ist unfair."

Das Mädchen stampfte mit dem Fuß auf.

Gott sprach weiter. „Eigentlich könntet ihr schon aus früheren Erfahrungen schöpfen, nämlich wenn ihr spiritueller wärt. Viele Menschen sind einfach zu bequem, um generell über die Schöpfung nachzudenken. Babys kommen auf die Welt, gehen in die Schule, suchen sich eine Arbeit und bereits da sind dann welche dabei, die keinen Bock mehr haben. Die einfach zu bequem sind ihr Bestes zu geben. Sie rutschen ab und machen irgendwelche Dummheiten, fühlen sich dabei aber selbst als Opfer, obwohl sie dann meistens zu Tätern werden. Dabei machen sie sich nicht die Mühe, sich selbst zu reflektieren, obwohl ihnen das jederzeit freisteht. Wenn ein Mensch sich mit seiner Tiefe und seiner eigenen Seele beschäftigt, dann kommt er auch an tief verborgene Erlebnisse aus früheren Leben heran oder spürt zumindest, wenn er eine ähnliche Situation schon einmal erlebt hat. Das nennt man Deja vu. Du kennst das sicher, denn du bist ja schon eine recht reife Seele. Genauso wie dein junger Freund Cedric. Ihr wart in einigen früheren Leben bereits ein Paar. Manchmal habt ihr euch geliebt, manchmal gehasst, manchmal unglaublich weh getan und ihr musstet euch immer wieder loslassen. Als du ihn in diesem Leben getroffen hast, war er dir vom ersten Moment an innig vertraut. Das hast du sicher bemerkt. Du hast auch schon bemerkt, dass die feinstoffliche Wahrnehmung unglaubliche Dinge zulässt. Auch du und Cedric könnt euch telepathisch unterhalten. Du kannst dich auch mit mir jederzeit unterhalten. Du bist sehr geistreich. Das macht viel Spaß mit dir zu diskutieren."

Ria war immer noch nicht zufrieden. Sie boxte Cedric in die Seite. „Sag du doch auch mal etwas."

Doch der Junge blieb stumm. Er hatte zu viel Respekt oder vielleicht sogar Furcht vor seinem Schöpfer.

„Was war denn Cedrics und meine Lernaufgabe in den früheren Leben?"

„Nun, in eurem ersten gemeinsamen Leben warst du eins seiner Kinder. Du wurdest sehr krank und bist früh gestorben. Er musste lernen dich in Liebe loszulassen. Du musstest lernen, das Leben loszulassen. Glaubt mir Dinge loszulassen, die man liebt, ist die schwierigste Lernaufgabe."

„So wie du das erzählst, hatten wir aber gar keine andere Wahl als uns loszulassen."

„Da hast du recht Ria. Es ging eigentlich bei euch beiden ganz oft ums Loslassen. Im zweiten Leben war Cedric Soldat und erwischte dich, als Du ein Stück Brot von einem Stand gestohlen hast. Du hattest Hunger und das war verständlich. Cedric hätte entscheiden können dich gehen zu lassen. Stattdessen hat er dich festgenommen und du bist im Kerker verhungert. Er hat also eine schwere Schuld auf sich geladen und hatte sein ganzes restliches Leben Schuldgefühle. Wäre er seinem Pflichtgefühl nicht gefolgt, hätte er gegenüber seinem Vorgesetzten Schuldgefühle gehabt, so hatte er Schuldgefühle, weil er dich verhaftet hat und irgendwann von deinem Tod erfahren hat. Du siehst also, hier ging es darum sich selbst zu verzeihen. Sich selbst zu lieben, auch wenn man eine schlechte Entscheidung getroffen hatte."

Ria war inzwischen richtig wütend. Sie schrie fast schon. „Wie soll er sich in Liebe selbst verzeihen können, wenn er eine arme, hungrige Frau in den Kerker bringt. Er wusste sicher, was das für Folgen für die Frau haben würde. Was soll daran Liebe sein? Solche Lernaufgaben braucht echt Niemand!"

Gott blieb ganz gelassen. „Nun, im Grund wart ihr beide Täter. Du Ria, weil du das Brot gestohlen hast und er, weil er dich verhaftet hat. Gleichzeitig wart ihr aber auch beide Opfer. Denn du hattest großen Hunger und er war Opfer seines Pflichtgefühls. Du siehst, man kann Dinge auch immer von zwei Seiten anschauen. Auch hier spielt die Dualität wieder eine große Rolle."

Cedric, der inzwischen die Stimme ebenfalls hörte, getraute sich nach seinem dritten Leben zu fragen. Das hörte sich alles spannend und fantastisch an. Aber auch sehr seltsam.

„In eurem dritten Leben war Ria ein Mann und du eine Frau Cedric. Da war der Spieß umgedreht. Ria war ein reicher Händler und sehr einflussreich. Du Cedric warst eine Hübschlerin. Ria hat dich gerettet, als ein Freier dich verprügeln wollte, dich mit in ihr nobles Heim genommen und gesund pflegen lassen. Anschließend hat Ria dich geheiratet, obwohl ihr/sein Ruf dadurch ruiniert war und die Geschäfte merklich nachließen. Das war wahre Liebe, denn ihr habt euch über euren gesellschaftlichen Stand hinweggesetzt und seid bis zu eurem Tod zusammengeblieben."

Gott kam fast schon ins Schwärmen. Das hat euch viel positives Karma eingebracht.

Cedric wollte noch mehr wissen. „Und wie war unser viertes Leben?"

Da war Ria ein Mann und du auch Cedric. Ihr wart erbitterte Gegner, da du von schottischer Abstammung warst, Ria aber ein Engländer. Ihr habt allein schon die Abstammung des anderen gehasst, ohne den Menschen dahinter zu sehen. Du Cedric hast Ria damals in einem Kampf Mann gegen Mann umgebracht. Das war in Culloden in Schottland soweit ich weiß. Damals hat keiner von euch beiden die Aufgabe wirklich bestanden und durftet relativ bald wieder eine Ehrenrunde drehen, denn das fünfte Leben hatte eine ähnliche Konstellation. Allerdings wart ihr da beide Frauen und habt um den gleichen Mann gekämpft. Doch als du Ria bemerkt hast, dass dein Angebeteter deine Konkurrentin mehr liebte als dich, hast du losgelassen, und zwar gerade, weil du diesen Mann sehr geliebt hast. Das war sehr edel von dir und ergab wieder einige Pluspunkte auf deinem Lern-/Karma Konto. Letztendlich habt ihr beide über tausend Leben gelebt und nichts ist euch fremd. Geht in euch, findet die verborgenen Schätze in euren Seelen und wenn ihr Glück habt, dann ist es vielleicht euer letztes. Dann dürft ihr auch in den Seelenraum gehen."

„Das ist aber sehr gnädig von dir lieber Gott." Ria war immer noch ziemlich auf Krawall gebürstet. Sie musste das Gesagte erst einmal verarbeiten.

Eine Frage hätte ich da noch. „Und die wäre?"

Wenn ein einziger Mann zum Täter wird und einen Krieg anzettelt, dann sterben viele unschuldige Zivilisten. Das ist doch einfach nur grausam, da diese Menschen doch vollkommen unschuldig sind an der eigentlichen Situation. Sollen die vielleicht lernen ihr Leben einfach so loszulassen?"

„Nicht die Länge eines Lebens ist entscheidend wieviel man lernt, sondern die Intensität eines Lebens. Nun der Kriegsaggressor oder Diktator ist natürlich ein Täter. Doch sein Gefolge kann sich entscheiden, wie es handelt. Ob es seinen furchtbaren Plänen folgt oder nicht. Nun würdest du sicher sagen, dass diese Menschen sicher große Angst vor dem Aggressor haben und deshalb seinen Befehlen folgen. Nun, das ist sicher auch richtig. Doch Angst ist nie ein guter Ratgeber. Im Grunde wäre es wichtig, über sich hinaus zu wachsen und die Befehle zu missachten, auch wenn Gefängnis, Folter oder die Todesstrafe drohen. Sich in Liebe für den Feind zu weigern, Tötungsbefehle auszuführen, das ist ebenfalls wahre Liebe. Auch wenn es eine Bedrohung für das eigene Leben bedeutet. Solch eine Tat gibt hundert Pluspunkte auf dem Karma Konto. Nach solch einer großherzigen Tat geht es sofort in den Regenbogenraum."

Ria war nachdenklich geworden. „Du meinst also, dass es im Grund immer um die wahre Liebe geht oder Handlungen, denen diese wahre Liebe zugrunde liegt. Zum Ehepartner, Nachbarn, Arbeitskollegen oder sogar zu einem offensichtlichen Feind."

„Ja Ria, das ist es. Nur gibt es so viele Möglichkeiten Liebe zu erlernen. Loslassen eines geliebten Menschen, anstatt ihn zu stalken. Einen Ehebruch verzeihen, indem man reflektiert, dass man vielleicht auch eine Teilschuld am Misslingen der Ehe hat. Schuldgefühle loslassen aus Liebe zu sich selbst, denn im Grund sind sie unnötig. Zu erkennen, dass Vertrauen ins Leben einen immer weiterbringt, als Angst. Letztendlich immer an das Gute im Menschen glauben, auch wenn man öfters einmal das Gegenteil erlebt. Doch je mehr wir lieben und verzeihen, desto höher wird die Erde eines Tages schwingen. Die schwarzen Seelen wird es dann nicht mehr geben. Dann könnten paradiesische Zustände auf der Erde herrschen. Aber dazu müssen Menschen lernen sich vollkommen ohne Vorurteile zu begegnen und sich zu reflektieren, ohne Schuldzuweisungen. Solange Menschen nicht dazu lernen, wird es immer so weitergehen. Es wird Kriege und Hungersnöte geben. Mord und Totschlag, Schmerz und Leid. Dabei könntet ihr hier das Paradies auf Erden haben. Aber das liegt in eurer eigenen Hand. Seit Urbeginn der Zeit schaue ich euch zu, wie ihr euch gegenseitig ermordet, Gier, Raffsucht und Neid herrschen. Würdet ihr euch lieben und euch vertrauen, dann könnte überall Frieden herrschen. Das beste Beispiel ist doch die Eifersucht, oder der Neid. Das gibt es in ganz vielen

Situationen. Selbst unter Schülern, Müttern, Freundinnen. Es gibt eine Situation zwischen zwei Menschen und beide steigern sich, entsprechend ihrer eigenen Wahrnehmung hinein. Dabei denkt man von der anderen Person meistens völlig falsch und dadurch entsteht eine Meinung über die andere Person, die oft genauso falsch ist und schon sind sich zwei Menschen, die sich vorher gemocht haben, spinnefeind. Dann beginnt der Krieg. Ist so etwas nötig?"

Ria schüttelte den Kopf. „Ich verstehe, was du sagst. Doch wie kann man die Wahrnehmung eines Menschen verändern. Viele orientieren sich doch schon am vielleicht befremdlichen Aussehen des anderen Menschen oder an der andersartigen Sexualität. Ich hatte auch Probleme damit, dass mein bester Freund sich plötzlich als schwul herausstellte. Irgendwie gönne ich es ihm, dass er einen Freund gefunden hat und doch finde ich es eklig und kann mir persönlich nicht vorstellen, wie man solch eine Beziehung leben kann. Aber ich akzeptiere es."

Gott meinte. „Siehst du. Da hast du schon einen großen Schritt geschafft. Akzeptanz und Respekt gegenüber der anderen Person, auch wenn er noch so hässlich ist oder seltsame Ansichten hat. Das ist enorm schwierig. Aber was ist denn richtig oder falsch? Frag dich das doch mal. Ist es falsch, wenn Cedric auf den linken Stuhl sitzt oder wenn er auf den rechten Stuhl sitzt. Es ist doch völlig egal, denn du liebst ihn. Wobei wir wieder bei der Liebe wären. Du siehst, im Grund läuft es immer auf das eine hinaus. Den anderen einfach zu lieben, ohne Wenn und Aber. Egal welche Hautfarbe er hat oder aus welcher Gesell-schaftsschicht er kommt. Wobei das alles andere als einfach ist. Aber du weißt inzwischen, was ich meine."

Ria und Cedric seufzten unisono. „Ich glaube, da könnten wir noch viele Tage diskutieren. Fazit ist, dass du meinst, wenn wir Menschen gegenseitig über unsere Fehler hinwegschauen, die eigentlich keine Fehler, sondern eben Eigenschaften sind und uns lieben und verzeihen, dann würde es auch keinen Krieg geben."

„Genau das meine ich liebe Ria. Du bist ein kluges Mädchen."

Ria schaute ihren Freund lange an. „Ich glaube Cedric, wir haben viel nachzudenken."

Der junge Mann grinste. „Ich habe zwar nur die Hälfte verstanden, aber ganz bestimmt wirkt dieses Gespräch noch lange nach und wir werden versuchen uns in diesem, vielleicht unserem letzten Leben, zu lieben und zu respektieren."

Ria schaute ihren Freund verliebt an. „Versuchen wir es."

Gott schmunzelte. „Ja, versucht es. Aber erhofft euch nicht zu viel. Auch wenn ihr diese Thesen euren Freunden und Bekannten weitergeben wollt, achtet auf euch. Ihr wisst, wie es Jesus ergangen ist. Den haben sie ans Kreuz genagelt, weil sie es einfach nicht verstanden haben."

Ria nickte. „Du hast recht lieber Gott. Aber wenn wir es unseren Kindern vorleben, dann ist es zumindest ein Anfang."

„Und genau das ist der Schlüssel zu einer besseren Welt liebe Ria. Lebt Euren Babys von Anfang an die wahre Liebe vor. Dann wird die Erde immer besser werden. Ich muss jetzt leider wieder gehen. Die Quelle wartet. Es war schön mit euch zu philosophieren."

Die Lichtsäule verschwand genauso plötzlich, wie sie aufgetaucht war.

Zu Hause

Ria nahm Cedric an der Hand und zog ihn mit sich. Sie war innerlich sehr aufgewühlt. Im Laufen drehte sie sich zu Clarissa und Blue Belle nur kurz um und sagte: „Tut mir sehr leid, aber ich muss erst einmal an die frische Luft. Das Gespräch hat mir viel Stoff zum Nachdenken gegeben. Das muss ich erst einmal verdauen. Wir sehen uns."

Dann rannte sie fast schon in die Richtung, in der sie den Ausgang vermutete. Bald stand sie, zusammen mit Cedric, in der Unterführung. Die blaue Tür war verschwunden, als ob es sie nie gegeben hätte.

Da Georg sie hierhergefahren hatte, mussten sie nun erst zur Bushaltestelle, die nicht weit entfernt war. Cedric beschloss noch ins Krankenhaus zu seiner Mutter zu fahren, um zu sehen, wie es ihr ging. Ria war erschöpft und wollte nur noch nach Hause und stieg deshalb in einen anderen Bus ein. Grübelnd und in sich gekehrt saß sie in ihrem Sitz und war froh, als der Bus in der Nähe ihres Hauses anhielt.

Sie atmete tief durch, bevor sie die Haustür öffnete und in die Küche trat.

Wie fast immer, saß ihre Mutter bei einer Tasse Kaffee und studierte irgendeine Zeitschrift. „Hey Ria, schön dass du da bist. Ich habe uns etwas leckeres gekocht."

„Keinen Hunger Mama. Ich bin total fertig."

Rosalinde schaut ihr direkt in ihre olivgrünen Augen und bemerkte sofort, wie blass ihre Tochter war. „Ist irgendetwas passiert?"

„Ja schon. Cedric und ich haben einiges erlebt. Unter anderem haben wir mit einer Lichtsäule gesprochen, die sich als Gott vorstellte. Ich bin so wütend auf den."

„Jetzt hast du mich aber richtig neugierig gemacht. Wieso bist du wütend auf Gott?"

Ria seufzte. „Weil für ihn alles nur ein Spiel ist. Wir mühen uns hier ab und er benutzt uns als Spielfiguren."

Rosalinde war irritiert vom Verhalten ihrer Tochter, denn so kannte sie das Mädchen gar nicht. „Wie meinst du das denn? Ich kann dir gerade nicht folgen. Erzähl doch mal, wie du ihn getroffen hast."

„Nun, Cedric und ich wollten gerade gehen, da bemerkten wir, dass Blue Belle nicht an ihrem Platz im Eingangsbereich war. Sie ist normalerweise immer dort. Wir sind auf die Suche nach ihr gegangen und sie saß mit Schlangenseelen gefesselt auf einem Stuhl und war ohnmächtig geworden. Wir haben Dracholine gesucht, die uns half Mäuse für die Schlangen zu finden, um sie abzulenken, was uns auch prima gelang. Und Blue Belle konnte entkommen. Doch sie war von schwarzen Seelen überfallen worden und die wiederum hätten beinahe Cedric ermordet. Da wir das nie allein geschafft hätten, hat sie ihren Boss telepathisch über die Vorkommnisse informiert und der kam sofort, in Form einer Lichtsäule. Und da stellte sich heraus, dass ihr Boss tatsächlich Gott ist. Aber Gott scheint einfach eine Art intelligente Energie zu sein. Er schwafelte etwas von Dualität, Licht und Schatten. Dass wir lernen müssen die wahre Liebe zu leben und positive Punkte auf unser Karma Konto bekommen. Dabei bin ich nicht ganz durchgestiegen, was für ihn gut oder böse ist, denn er benutzt schlechte Dinge als Prüfung für die Menschen und nur wer sich dann opfert bekommt positive Punkte. Das ist doch pervers, oder?"

Rosalinde dachte über das Gesagte nach und brauchte eine Weile, um zu antworten.

„Also fest steht wohl, dass Gott keine menschliche Person ist, sondern pure Energie, die intelligent ist, denn sonst könnte sie ja nicht planen. Aber wer sagt uns denn, dass diese Energie sich tatsächlich selbst steuert. Vielleicht wird sie auch von irgendwelchen Aliens gesteuert, die mit uns ein kleines Spielchen treiben?"

Ria grinste. „Das wird ja immer schöner. Aber eigentlich durchaus ein Faktor, um darüber nachzudenken. Jedenfalls hat die Kirche mit ihrer Darstellung von Gott nicht recht. Das ist schon einmal hundertprozentig geklärt. Sie stellt Gott immer als eine Art menschliches Überwesen dar. Und Jesus ist in diesem Fall nicht sein Sohn, denn ein Mensch kann kein Kind von irgendeiner Energie sein. Auch wenn wir ebenfalls aus Energie und Atomen bestehen. Aber eine Lichtsäule als Vater? Kann wohl kaum sein. Vielleicht war Jesus auch einmal im Seelenlabyrinth und hat versucht den Menschen nach seinem Besuch dort nahezubringen, dass es Reinkarnation tatsächlich gibt. Und weil die Menschen ihn für verrückt hielten, haben sie ihn gekreuzigt."

Rosalinde nickte. „Das war bestimmt so. Alles Unerklärliche macht Menschen Angst oder lässt sich Mystifizieren. Schau, wie oft hat die Kirche die Hölle und auch den Himmel, als Druckmittel eingesetzt. Man musste Ablassbriefe kaufen und Schwupps schon war man ohne Sünde. Ein Paradies für jeden Verbrecher. Ich halte sowieso nichts davon Menschen mit Angst gefügig machen zu wollen. Im Grund ist es genau das Gegenteil von dem, was Gott zu dir gesagt hat. Das ist keine wahre Liebe. Sondern da geht es nur um Materielles."

Ria nickte. „Du, Mama ich muss ins Bett. Ich bin so müde. Das war ein verrückter Tag und sicher muss ich das noch tagelang oder wochenlang verdauen."

„Dann geh ins Bett mein Schatz und ruh dich aus. Ich geh auch bald ins Bett. Heute hat Georg nämlich noch zu tun und keine Zeit für mich."

„Du Ärmste," grinste Ria.

Rosalinde warf ihr den Hausschuh nach. „Ab ins Bett mit Dir." Aber auch sie lächelte.

Ria ließ das Waschen und Zähneputzen aus, schälte sich aus ihren Klamotten und fiel in der Unterwäsche ins Bett, so müde war sie. Sie hatte kaum das Laken berührt, als sie schon eingeschlafen war.

„Irgendwann hörte sie das zarte Stimmchen von Blue Belle in ihrem Kopf. „Bist du gut nach Hause gekommen meine allerliebste Ria?"

„Ja, bin ich. Aber ehrlich gesagt, war das heute ziemlich viel für mich. Ich habe mir deinen Boss vollkommen anders vorgestellt."

„Das geht Jedem so der ihn kennenlernen darf. Im Grund hattest du wirklich großes Glück."

Ria seufzte im Schlaf. „Ich weiß nicht, ob ich das als großes Glück betrachten würde. Seine Anschauungen haben meine Welt ganz schön auf den Kopf gestellt. Stell dir mal vor, ich würde beim Papst anrufen und ihm erzählen, dass Gott lediglich eine Lichtsäule ist und Spielchen mit uns treibt. Der würde mich sofort in eine Zwangsjacke stecken lassen und vermutlich meine restliche Familie auslöschen."

Blue Belle stimmte dem zu. „Vermutlich hast du recht. Ich kenne den Papst zwar nicht persönlich, aber wahre Liebe kann der bestimmt auch noch nicht. Soweit ich weiß, ist seine Aura nur ein bisschen hellblau und weiß, mit ein wenig rosa und schwarzen Streifen. Also bei weitem noch keine alte Seele. Auch wenn er alt aussieht."

Ria musste sogar im Schlaf lauthals lachen. Blue Belle war zu witzig. „Lass mich schlafen Blue Bellchen. Ich muss morgen früh raus und zur Schule."

„Ok," maulte diese etwas beleidigt. Dann sprechen wir eben morgen oder übermorgen weiter. „Bis bald."

Liebesgeflüster

Ria erwachte, setzte sich auf die Bettkante und fühlte sich wie gerädert. Sie war nicht ausgeschlafen. Missmutig schleppte sie sich ins Bad, putzte die Zähne und spritzte sich kaltes Wasser ins Gesicht.

Immer noch halb schlafend setzte sie sich an den Frühstückstisch. „Guten Morgen Mama." Mehr brachte sie noch nicht heraus. „Guten Morgen mein Schatz."

Wenn Ria so drauf war, dann ließ Rosalinde sie in Ruhe, denn ansonsten kam es zu unschönen Wortgefechten.

Sie schob ihrer Tochter deshalb lediglich die Müslipackung und die frische Milch hin und verzog sich nach oben, denn auch sie musste sich noch anziehen und dann zur Arbeit.

Nachdem Ria ihr Müsli ausgelöffelt hatte, packte sie ihre Schultasche, schnappte sich ihr Rad und fuhr zur Schule. Die frische Luft tat ihr gut und sie war klar im Kopf, als sie bei der Schule ankam. Überraschenderweise ging der Unterricht heute recht zügig vorbei und sie hatte sich auch sehr gut konzentrieren können. Sogar in Mathe. Trotzdem war sie froh, als die Schulklingel das Ende der sechsten Stunde anzeigte. Schnell rannte sie hinaus, in der Hoffnung Cedric zu begegnen. Sie hatte ihn seit dem Abenteuer im Seelenlabyrinth nicht mehr gesehen.

Sie strahlte vor Glück, als sie ihn bei den Fahrrädern stehen sah.

„Hey Ria, wie geht's dir? Entschuldige bitte, dass ich mich nicht eher gemeldet habe. Ich musste das alles erst einmal verdauen."

Ria schaute ihm tief in die kornblumenblauen Augen. „Ich habe dich zwar sehr vermisst, aber das kann ich auch gut verstehen. Mir ging es genauso. Was für ein verrücktes Abenteuer das war."

Sie holten sich ihre Fahrräder und schoben sie nebeneinanderher. „Hast du Lust auf thailändisch?" fragte das Mädchen.

Cedric nickte. Schweigend gingen sie nebeneinanderher, bis sie vor dem Thai Imbiss standen. Ria räusperte sich. „Was magst du denn essen Cedric?"

„Ich nehme wieder die gebratene Ente mit rotem Curry. Das mag ich einfach am liebsten."

„Ich bring es dir."

Ria bestellte und wartete bis die Thailänderin die Teller gefüllt hatte. Vorsichtig trug Ria diese an das Stehtischchen.

Nachdem der erste Hunger gestillt war, meinte Cedric: „Irgendwie habe ich das Gefühl, dass Gott ein Alien ist."

Er sagte das so unerwartet und trocken, dass Ria schallend lachen musste. „Ehrlich gesagt ging es mir genauso. Fast die gleichen Worte habe ich zu meiner Mutter gesagt. Aber es war auch ziemlich schräg. Eine intelligente Lichtsäule die spricht. Vielleicht wird das Ding tatsächlich von Aliens gesteuert. Aber ich finde es einfach frustrierend, dass wir nur Spielzeuge sein sollen."

Cedric nickte mit vollem Mund. „Geht mir genauso. Es ist schon ätzend, dass wir nur begrenzt mitbestimmen können und einfach ein Leben vor den Latz geknallt bekommen, welches wir dann abarbeiten sollen. Und wenn wir nicht alles so gemacht haben wie der gnädige Herr Lichtsäule es wollte, dann gibt es auch noch schlechte Karmapunkte und man muss eine Ehrenrunde drehen. Eigentlich unverschämt."

Ria amüsierte sich über die Art und Weise wie Cedric das sagte. „Mich würden vielmehr die Aliens interessieren, die da dahinterstecken. Ob Blue Belle etwas davon weiß? Ich muss sie mal fragen."

Beide Teenager waren pappsatt und machten sich auf den Weg nach Hause. Cedric bestellte sich noch zwei Portionen zum Mitnehmen für seinen Bruder und seine Mutter, die inzwischen wieder zu Hause war. Dann radelten sie in entgegengesetzte Richtungen davon.

In der Nacht versuchte Ria Blue Belle zu erreichen. Es dauerte auch nicht lange, bis sie die Seelenwächterin an der telepathischen Leitung hatte.

„Hey Ria, hier bin ich. Was gibt's denn?"

„Sag mal Blue Belle. Weißt du, ob dein Boss vielleicht selbst auch Vorgesetzte hat und wo die herkommen?"

Zunächst herrschten einige Sekunden Stille in Rias Kopf. Doch dann meinte Blue Belle: „Ich habe ihn noch nie gefragt oder infrage gestellt, wenn er mir etwas befohlen hat. Er hat mir bei der Einstellung zugesichert, dass er mein alleiniger Ansprechpartner ist. Aber jetzt, wo du das sagst, muss ich wirklich einmal darüber nachdenken, denn als ich ihn einmal wegen einer Seelenangelegenheit um Rat fragte, da meinte er, dass er erst das Gremium befragen müsse. Insofern liegt nahe, dass noch jemand über ihm steht."

Ria nickte im Schlaf. „Das habe ich mir schon fast gedacht. Kann ich denn Gott auch an die telepathische Leitung bekommen?"

„Versuch es einfach mein Kind. Und erzähl mir, wenn du Neuigkeiten hast."

„Aber klar Blue Belle, das mache ich gerne. Bis bald."

Seelig schlummerte das Mädchen weiter.

Es vergingen einige Wochen, in denen sie und Cedric sich immer näherkamen. Es verging kein Tag, ohne dass die Beiden sich sahen. Manchmal bei ihm, manchmal bei ihr. Melanie, Cedrics Mutter lud sie oft ein und freute sich für ihren Sohn, dass er so eine nette Freundin gefunden hatte.

Eines Tages hatten sie sturmfreie Bude bei Ria, denn Rosalinde war mit Georg auf einer Kurzreise.

„Schläfst du heute Nacht bei mir Cedric?" Ria schaute ihm tief in seine kornblumenblauen Augen."

Cedric konnte sein Glück kaum fassen.

„Ja, wenn du das gerne möchtest. Ich gebe nur meiner Mutter Bescheid, damit sie weiß, dass ich nicht nach Hause komme und sie sich keine Sorgen macht."

Schnell tippte er eine WhatsApp in sein Handy.

Als der Abend nahte, wurde Cedric immer ruhiger. Es war bereits dunkel, als Ria ihn an der Hand nahm und mit ihm in ihr Zimmer hinauf ging.

„Setz dich doch." Sie klopfte auf ihr Bett.

„Ich werde dich nicht fressen und übrigens ist es auch das erste Mal für mich."

„Na dann, kann ja nichts mehr schiefgehen," meinte Cedric etwas sarkastisch.

Ria begann sich langsam auszuziehen während der Junge ihr interessiert zuschaute. Doch dann konnte er nicht mehr an sich halten und begann sich ebenfalls auszuziehen. Ria schlüpfte zu ihm ins Bett.

Es war wunderschön seinen nackten Körper an sich zu spüren. Cedric begann sie langsam und vorsichtig zu streicheln. Zärtlich ließ er seine Finger über ihre festen Brüste gleiten. Ihre Körper reagierten und nach ein paar Minuten ergab sich alles wie von selbst. Sanft drang er in sie ein, nachdem er sich vorher vergewissert hatte, dass sie verhütete. Sie gaben sich ihrer Leidenschaft hin und anschließend hatten beide das Gefühl, etwas sehr Kostbares miteinander erlebt zu haben. Vermutlich fluteten gerade nur die Hormone ihre Körper, doch sie fühlten pures Glück. Oder war das die wahre Liebe, von der die Lichtsäule gesprochen hatte?

Ria hatte sogar Tränen in den Augen. Sie fühlte so eine starke Anziehung zu ihrem Freund, wie sie es nie für möglich gehalten hätte. Cedric flüsterte ihr „Ich liebe Dich," ins Ohr. Nie mehr wollte er dieses Mädchen loslassen. Doch wer wusste schon, was die Lichtsäule mit ihnen vorhatte. Doch darüber nachzudenken war sowieso zwecklos.

Erschöpft und von Glück erfüllt, glitten die Beiden hinüber ins Reich der Träume. Plötzlich hörte Ria eine Stimme: „Wahre Liebe lässt sich recht einfach definieren, nämlich: „Tu immer das, was für den anderen das Beste ist. Egal ob es für Dich selbst gut ist oder nicht."

Ria meinte: „Das heißt im Grunde, dass man sein eigenes Ego komplett ausschalten muss."

Die Lichtsäule sprach: „Ja genau, das heißt es. Nicht mehr und nicht weniger."

Dann war die Stimme aus Rias Kopf verschwunden. „Warte, ich wollte dich doch noch etwas fragen."

„Ja, was denn?"

„Lieber Gott, bist du ein Alien aus einer fremden Galaxie?"

„Das liebe Ria überlasse ich ganz Deiner Fantasie. Vielleicht Ja, vielleicht Nein. Ich verrate Dir nur so viel. Da draußen gibt es ganz viele Lebensformen. Also nehmt euch Menschen nicht so wichtig. Behandle deine Mitmenschen einfach so, wie du auch behandelt werden möchtest. Mit Respekt und Zuneigung, dann kann gar nichts schiefgehen. Ich werde auf Dich und Cedric aufpassen. Versprochen. Aber jetzt muss ich weg. Das Gremium wartet. Wir haben gleich Sitzung."

„Warte doch lieber Gott. Ich habe noch so unendlich viele Fragen." Doch sie erhielt keine Antwort mehr. GOTT war weg.

Als sie am nächsten Morgen erwachte, spürte sie die Wärme Cedrics neben sich und kuschelte sich dicht an ihn. Er schlief noch selig.

Bei Gott, sie würde diesen Menschen lieben, so tief sie konnte. Doch sich selbst aufzugeben, das würde für sie nie in Frage kommen. Und wenn er sie wirklich liebte, dann würde er das auch niemals von ihr verlangen. Und genau das fühlte sich richtig gut an.

ENDE

Liebe Leserinnen und Leser,

vielen Dank, dass Sie dieses Buch gelesen haben.

Die Geschichte fing mit einem Mädchen an, das seinen Vater verloren hat und hat sich dann irgendwie verselbständigt. Denn gerade, wenn es um den Tod geht, haben wir alle viele ungeklärte Fragen.

Gibt es ein Leben nach dem Tod? Haben wir Seelen, oder sind es lediglich biochemische Abläufe die Menschen mit Nahtoderfahrungen erlebt haben?

Auch Gott ist immer wieder eine Glaubensfrage. Und ich denke, was Gott für den Einzelnen ist, das muss jeder für sich selbst beantworten.

In diesem Sinne wünsche ich jedem von Ihnen ein fantastisches Leben mit viel wahrer Liebe.

Ihre Rita de Monte
www.ritademonte.de
und
www.devon-rex-vom-nebelsee.de

Rita de Monte arbeitet als Lebensberaterin und Coach, legt Lenormand Karten und hat bereits einige Bücher geschrieben.

Erschienen im BoD-Verlag, erhältlich unter www.BoD.de und im Buchhandel.

Beziehungsanalyse mit den Lenormand Karten

Sexuelle Vorlieben erkennen mit den Lenormand Karten

Finanzen deuten mit den Lenormand Karten

Krankheiten erkennen mit den Lenormand Karten

Tierkommunikation mit den Lenormand Karten

Romane, ebenfalls bei BoD erhältlich oder im Buchhandel:

Das Glück dieser Erde, Band 1

Schnell wie der Wind, Band 2

Das Vermächtnis, Band 3

Sonne meines Herzens

Tal des Lichts (Irlandroman)

Straßenhund Monti und seine Freunde

Blue Belle –Die Seelenwächterin

Herz einer Löwin (Autobiografie)